*En finir avec les jours noirs*

Traduction: Adrien Durand
Correction: Céline Legendre
Design: Romain Barbot
Conception graphique:
Lou Hillereau

Titre original:
In Defence of The Act

Imprimé en Europe en juin 2025
Dépôt légal: juillet 2025.
le-gospel.fr

ISBN : 978-2-494054-15-8

Avec le soutien de la Direction
régionale des Affaires culturelles
de Nouvelle-Aquitaine

PRÉFET
DE LA RÉGION
NOUVELLE-AQUITAINE
Liberté
Égalité
Fraternité

Avec le soutien de la Région
Nouvelle-Aquitaine

*Effie Black*

# EN FINIR AVEC LES JOURS NOIRS

Traduit de l'anglais
(Royaume-Uni)
par Adrien Durand

**Le Gospel**
MMXXV

# *Une fable*

La femme blonde qui, j'en suis presque sûre, a dit s'appeler Amy, tout en ressemblant davantage à une Anne, pose un regard interrogateur sur nos sièges sagement alignés.

« Qu'est-ce que le mot résilience veut dire pour vous ? » demande-t-elle.

Personne ne dit rien. Elle commence à marcher, lentement, en long et en large dans la pièce.

« Sentez-vous libres d'intervenir. » Tout le monde se sent libre. Mais personne n'intervient.

« Quelqu'un ? »

Personne.

Amy-Anne commence à avoir l'air un peu désespéré. Elle essaie de croiser nos regards, chacun à notre tour, afin de nous faire culpabiliser et de nous pousser à intervenir.

Quand elle arrive à moi, je me détourne rapidement.

« Qu'est-ce que nous voulons *dire* quand nous parlons de résilience ? » Sa voix tremble un peu, mais son sourire reste fixement accroché à son visage.

La peur me serre l'estomac. *S'il vous plaît,* y a-t-il quelqu'un qui veut bien lui répondre ? Vais-je être vraiment obligée de parler ? Je préférerais ne pas, mais bien sûr, comme tous les autres gens assis dans cette pièce, je connais la réponse. Pourquoi est-ce que personne ne dit à Amy-Anne ce que *résilience* veut dire ?

Finalement, une voix faible venant de derrière moi chevrote quelque chose. Le soulagement d'Amy-Anne est palpable.

« Comment ? Je n'ai pas entendu », dit-elle enthousiaste.

La voix répète, mais un peu plus fort cette fois.

« Hum, je pense que la résilience c'est être fort dans des moments difficiles. Rebondir. Ce genre de chose. »

Je me retourne pour regarder la personne qui a parlé, une femme entre deux âges, un peu penaude, qui, j'en suis convaincue, a dit quelque chose pour être sympathique. J'essaie de la remercier avec mes yeux, mais je ne sais pas trop m'y prendre et je suis presque sûre d'échouer.

« Rebondir ? Oui, c'est vraiment une jolie façon de voir les choses. » Amy-Anne lui répond, puis se lance dans différentes définitions de la résilience, paraphrasant ce que disent sur le sujet les dictionnaires, les psychologues et les moines bouddhistes. Elle lance, non pas une mais bien deux citations de Michael Jordan, la star du basket à la retraite. Pourtant, Amy-Anne ne ressemble pas à une fan de ce sport. Pense-t-elle vraiment que cette pièce remplie de chercheurs britanniques en début de carrière contient des amateurs de basket-ball ? Bien que je puisse seulement parler pour moi, j'ai l'impression qu'elle nous a mal jugés. Pour être juste cependant, il semble bien que Mr. Jordan a des idées intéressantes ; l'échec étant une composante de son succès, ses paniers ratés et ses défaites l'ayant poussé à travailler davantage.

Maintenant, Amy-Anne veut partager la définition qui est sa préférée. Pour ce faire, elle doit absolument nous montrer une vidéo en animation et nous demande un moment pour mettre en place la diffusion, en tripotant son ordinateur portable. Cela paraît d'abord normal ; il faut toujours un peu de temps pour lancer une vidéo. Mais il paraît clair à tout le monde au bout d'un moment que quelque chose cloche et qu'elle cède à la panique. Il faut se rendre à l'évidence : la vidéo ne fonctionne pas.

« Tout va bien, je vais passer directement par YouTube. Cette animation vaut vraiment le coup ! » nous assure-t-elle.

Mais YouTube ne fonctionne pas non plus, puisque son ordinateur n'est pas connecté au wifi de l'hôtel où se tient la conférence. Nous regardons Amy-Anne tenter plusieurs fois de se connecter et échouer.

« Le *login* invité fonctionnait tout à l'heure », nous dit-elle.

Les gens remuent sur leurs sièges. La gentille femme entre deux âges qui a participé un peu plus tôt fait partie de ceux, nombreux, qui poussent désormais des soupirs bruyants pas très gentils. Des chuchotements commencent au fond de la salle et se répandent peu à peu. Et ces chuchotements se transforment en bavardages qui deviennent de plus en plus forts.

Finalement, un technicien se présente pour l'aider. Je me sens d'abord soulagée, mais il est rapidement clair que cela ne fait qu'empirer les choses. Puisque cet *expert* prend les choses en main, Amy-Anne en est réduite à nous fixer, murmurant des excuses et des mots qui se veulent rassurants. La situation passe de barbante à gênante. Elle fait une blague sur le fait que, durant cette session sur un tel sujet, c'est sa propre résilience qui se retrouve ainsi mise à l'épreuve face à nous. Personne ne rit, même par gentillesse, et cela me désole totalement. Moi-même, je ne peux m'y résoudre car Amy-Anne dégage quelque chose qui rend simplement difficile le fait d'être gentil avec elle. Je me demande comment quelqu'un peut devenir ainsi conférencière en étant aussi mal à l'aise en public. Et puis, je me souviens que je suis une scientifique pas vraiment très douée pour les sciences et je me dis que tout est possible.

Pour finir, le technicien esquisse un mouvement coupable avec sa tête. Pas de vidéo pour aujourd'hui. Amy-Anne est au pied du mur, mais elle décide de prêcher par l'exemple et de rebondir. Au lieu de montrer la vidéo, elle se met simplement à nous la raconter. Elle retourne à son bureau et commence à parler. Elle pédale beaucoup et reprend au début à plusieurs reprises. Je ne suis probablement pas la seule dans la pièce à me demander combien de fois Amy-Anne a dû regarder cette vidéo qu'elle cherche si désespérément à nous montrer. Au moins une fois. Mais peut-être une seule par contre, à bien y réfléchir. En voici les grandes lignes. Un jour, une fille se plaint à sa mère. Elle a beaucoup de problèmes qui ne cessent de s'accumuler. Cela la rend extrêmement triste et l'empêche de vivre. Elle ne peut rien y faire et semble à bout. Sa mère la fait venir dans la cuisine et lui demande de l'observer alors qu'elle met trois casseroles d'eau à bouillir sur le feu. Dans l'une, elle place une carotte, dans l'autre un œuf et dans la dernière un grain de café. Sa fille ne comprend absolument pas ce qu'elle fait. Après un moment, sa mère lui demande de retirer la carotte de l'eau et de lui dire ce qu'elle voit. Ce qu'elle voit est une carotte bouillie. Ensuite, la fille regarde l'œuf, qui est devenu coque. Puis elle se penche sur le grain de café. Sa mère lui explique que la carotte, l'œuf et le grain de café ont tous subi la même adversité : l'eau bouillante. La carotte est devenue molle et spongieuse. L'adversité l'a fait passer de dure à fragile et n'importe qui peut la réduire en bouillie à présent. L'œuf a répondu en durcissant et, s'il a gardé la même apparence aux yeux du monde extérieur, son cœur est devenu solide. Le grain est non seulement resté intact, mais il a en plus transformé l'eau, termine sa mère en dégustant le café résultant de cette démonstration.

Le reste de cette session sur *Aiguisez votre résilience* se déroule dans un brouillard de partage d'expériences, d'affirmations d'objectifs personnels et d'exercices de pleine conscience, comme fixer puis manger un grain de raisin pendant un intervalle de temps démesuré. Cependant, je ressors de ce moment avec trois informations :

1. Amy-Anne s'appelle en fait Annie, comme le précise sa dernière *slide*. Et cela lui va à merveille.
2. Jamais je n'utiliserai une vidéo dans une présentation en public.
3. J'adorerais être un grain de café, mais je suis de manière complète et irrémédiable un œuf.

# Un réveil

Quel est votre premier souvenir ? Pas un flash, une image floue, un sentiment physique de déjà-vu ou une phrase coupée en son milieu. Non, quel est votre premier souvenir *complet* ? Un que vous vous rappelez du début à la fin, qui vous habite totalement, que vous pouvez ressentir pleinement ? Peut-être que je vous l'ai déjà raconté, mais voici le mien.

J'ai quatre ans. Ma mère est enceinte de mon petit frère. La grossesse rend ma mère fatiguée et ennuyeuse, et son ventre qui grossit fait que je n'ai plus le droit de m'asseoir sur ses genoux. Son épuisement est tel que ce samedi-là, elle me confie une tâche d'une importance capitale. Elle a accepté que j'aille au parc, et comme c'est mon père qui doit m'emmener, elle me demande de lui apporter une tasse de thé pour le réveiller. À cet instant, je me dis que j'ai enfin été prise au sérieux et que j'ai bien fait d'insister sur le fait que je suis assez grande pour aider avec le bébé à naître. Si je m'acquitte correctement de ce qu'elle me demande ce jour-là, on me laissera sûrement quitter l'école à la rentrée prochaine pour rester et aider à la maison. Quelle formidable occasion de prouver ma valeur.

Ma mère me tend la tasse de thé et toute sa confiance en moi. C'est un grand mug bleu et avec le recul, il me semble qu'il était un peu trop rempli. Je n'ai pas de problème à le porter depuis la cuisine vers le salon puis le bas de l'escalier. C'est ici que les ennuis commencent. Jusque-là, j'ai porté la tasse avec mes deux mains mais à présent, je me tiens en bas d'un terrain plus exigeant : celui des marches qui montent. Je manœuvre doucement la tasse afin de pouvoir la garder dans la main droite et saisir la rampe de l'escalier avec la gauche. Je monte les premières marches, confiante, sans trop réfléchir, mais une éclaboussure brûlante tombe sur mon pied et stoppe ma progression. La tasse est si grande et lourde qu'il m'est bien difficile de la porter avec une seule main. Juste un peu de thé est tombé par terre, mais je ne peux pas continuer ainsi.

Je m'arrête et pense de manière stratégique. Je pourrais admettre ma défaite et faire demi-tour, en tenant la rampe sans renverser trop de liquide. Ou alors, je pourrais tenter la montée avec les deux mains sur la tasse. Mais cela voudrait dire ne pas me tenir à la rampe. Je ne veux pas renoncer à la sécurité de la rampe, mais je ne suis pas non plus prête à échouer dans ma mission. Je dois accomplir mon devoir. Je rassemble mon courage et lâche la rampe, laissant ma main gauche un peu au-dessus, juste au cas où. Quand après quelques secondes, je me rends compte que je ne suis pas tombée, je transfère ma deuxième main vers la tasse. C'est beaucoup mieux pour le transport du thé mais je me sens un peu flageolante, debout dans l'escalier, sans m'arrimer – une sensation qui me poursuivra même à l'âge adulte. Il vaut mieux ne pas traîner.

Je garde la tasse dans mon champ de vision et grimpe les marches une par une lentement et avec régularité. Même si je sens qu'on n'en est pas loin, je fais attention à ne pas renverser de thé. Ayant repris confiance, je commence à imaginer le sourire de mon père quand il va voir ce que j'ai accompli. S'il y a bien une chose que mon père adore, c'est le thé, et je suis folle de joie d'être celle qui va lui servir.

Et puis, un autre problème se pose. Le thé a chauffé la tasse qui brûle totalement ma petite main gauche et potelée. Ma mère dit que, si je veux me réchauffer les mains, je dois mettre des foutues chaussettes à mes pieds. Ce qui n'a aucun sens pour moi. Tenir une tasse de thé brûlante fait bien mieux le job. Presque trop bien. Au début, la sensation de chaleur était agréable, mais elle est devenue inconfortable puis provoque une douleur insupportable. Je tiens la tasse avec aussi peu de ma main que possible, mais même cela devient insupportable. Des aiguilles brûlantes piquent mes doigts et mon cerveau est envahi par la panique. Je m'arrête de nouveau, et me force à ne pas regarder en bas. Puis, je change de main. La gauche a un peu de répit et je recommence à monter.

Je dois changer ainsi de main plusieurs fois pour préserver mes doigts mais je finis par parvenir presque en haut. Je pivote de quatre-vingt-dix degrés vers la gauche, sans perdre de vue le thé, grimpe les dernières marches puis tourne de nouveau. Au fond de l'étage, il y a la chambre de mon père. La destination est en vue. Je ne sais pas encore à l'époque qu'il est plutôt inhabituel que les parents fassent chambre à part. Je m'en rendrai compte à l'école et garderai alors cette information pour moi. Tout en marchant vers la chambre de mon père, je m'autorise à regarder en bas, vers l'escalier que j'ai grimpé, me sentant à la fois fière et prise de vertige.

En atteignant la chambre, j'attrape la tasse à une main, en étant très précautionneuse pour la garder bien droite. Ça me fait mal au poignet mais je sais que c'est seulement passager. Et puis je sens à peine la douleur. Le plus dur est passé à présent, ma concentration intense a été remplacée par une excitation grandissante. Mon père va être tellement surpris ! Je vais frapper à la porte et il sera agacé, car il va penser que c'est ma mère qui le réveille de sa sieste plus tôt que prévu, mais ce sera moi : sa petite fille préférée, lui apportant sa chose préférée au monde, du thé. J'ai tellement hâte de voir le sourire sur son visage. Je suis sûre qu'il va me laisser grimper sur son lit pendant qu'il bâille bruyamment et boit son thé. Peut-être même qu'il me racontera une histoire. Je dois me retenir de crier son nom derrière la porte. J'ai l'impression que je vais exploser.

Je frappe d'abord tout doucement, car je ne veux pas le déranger, et j'écoute. Comme il ne répond pas, je frappe plus fort, puis encore plus fort. Mais toujours rien. Même si cela entame un peu mon excitation, je ne suis pas surprise. Mon père a le sommeil profond et dort toujours avec des bouchons dans les oreilles. J'ai entendu une fois ma tante, sa sœur, dire que les bouchons d'oreille étaient incroyablement antisociaux mais il n'a pas eu l'air de l'entendre. Plutôt que de crier, je décide de le surprendre et de me glisser dans la chambre.

J'entre et il est là, en train de dormir en ronflant légèrement. Je me tiens face à lui, fière et radieuse, tenant mon offrande fumante. « Debout, Papa, il est l'heure de se réveiller ! » je dis plus fort. Puis encore plus fort. Ses bouchons d'oreilles doivent être bien enfoncés, car il ne bouge pas. Je pose avec précaution la tasse sur une étagère de petite taille. Il y a un peu de thé qui a débordé et qui est tombé sur le bois. Je me retourne pour regarder s'il s'est réveillé et réalise, soulagée, qu'il est toujours endormi. J'en profite pour essuyer le thé avec ma manche. Je retourne à ma mission. J'attrape le bras de mon père et le secoue. « Réveille-toi ! ». Rien. Il me vient alors à l'esprit qu'il fait sûrement semblant de dormir pour me faire sursauter au moment où je m'y attends le moins. Mais quelque chose sur son visage me fait dire que ce n'est pas le cas. Je le mords de la même façon que lorsque nous jouons ensemble et que je fais semblant d'être un loup. Puis je le mords de plus en plus fort. Mais ça ne le réveille toujours pas. Et quand je m'empare de son bras puis le lâche, il tombe lourdement sur le bord du lit.

Quelque chose ne va pas. Le ressort à l'intérieur de ma poitrine est toujours là, mais il ne génère plus d'excitation. J'ai désespérément besoin que mon père se réveille maintenant. Je pose mes deux mains sur lui et commence à le secouer. De plus en plus violemment, de toutes mes forces. Je le tape dans l'estomac, je frappe dans son bras puis le gifle, mais il ne bouge toujours pas. J'essaie d'appeler ma mère, mais rien ne sort. Je reste gelée, fixant la forme sans vie de mon père, écoutant ses faibles ronflements pendant ce qui semble durer des heures. Et puis, enfin, mon esprit se met en action. Je retourne en courant dans la cuisine, avalant les marches quatre à quatre d'une façon que ma mère aurait jugée dangereuse. J'explique à ma mère que Papa n'arrive pas à se réveiller. Elle est d'abord sceptique et m'explique que si je veux aller au parc, je ferais bien d'arriver à le lever, car il n'est pas question qu'elle m'y emmène dans son état. Elle finit par comprendre ce que je suis en train de lui dire. Elle prend au sérieux mon état de panique, me pousse et grimpe les marches comme elle peut avec son ventre énorme. Je la suis mais n'arrive pas à aller aussi vite. Quand j'arrive dans la chambre, je la trouve en pleurs, hurlant face à un flacon de pilules vide, non loin de là où j'ai posé la tasse de thé.

Les choses se brouillent dans ma mémoire à cet endroit. Je peux voir l'ambulance arriver et je m'entends supplier d'être autorisée à monter avec mes parents. Je n'arrive pas à me rappeler si j'ai eu gain de cause et je n'ai jamais cherché à demander ce qui s'était réellement passé, ce qui n'est pas étonnant vu que je n'ai parlé à personne de ce jour depuis. Je me souviens d'être restée chez ma tante pendant des jours et des jours après cela, pleurant pendant qu'elle et mon oncle faisaient comme si tout allait bien. Mais tout allait mal, leur disais-je, car mon père était à l'hôpital et il était malade. Je ne pense pas que j'ai pu comprendre ce qui se tramait réellement ce jour-là. Je n'avais que quatre ans après tout. Tout ce que je savais, c'est que c'était grave.

À un certain stade, j'imagine que mon cerveau grandissant, j'ai fini par combler les zones vides de mes doutes et incertitudes. Et par comprendre ce que mon père s'était infligé. Il avait voulu quitter ce monde, un monde qui contenait sa fille, moi, ma mère, mon frère bientôt né et plus tard ma sœur. Et si je n'avais pas été là, il aurait probablement réussi.

Je ne sais pas quoi penser de tout ça.

# Une hypothèse

Trente et un ans plus tard, je regarde le journal matinal. Un reportage évoque l'histoire d'un homme qui s'est suicidé hier à Newcastle, en s'immolant dans l'appentis du jardin. Il s'est réveillé, a arrosé le bâtiment puis son corps d'essence et y a mis le feu. Il a laissé ses jumelles de sept ans dans leur chambre, mais a voulu entraîner sa femme et son fils de dix ans avec lui. Trempé d'essence, il est allé les chercher alors qu'ils regardaient la télévision et a essayé de les traîner au fond du jardin sur le bûcher aménagé par ses soins, les encourageant à s'allonger avec lui. Heureusement, sa femme a réussi à s'enfuir avec son fils, sans toutefois empêcher le garçon d'être touché par des brûlures sévères et des dommages aux poumons.

Sur le canapé de la BBC, à l'heure du petit-déjeuner, se trouve un représentant d'une organisation anti-suicide. Il est particulièrement inquiet des suicides masculins. Il nous explique que sur cinq mille neuf cent soixante-cinq personnes qui se sont ôté la vie l'an dernier, quatre mille cinq cent huit étaient des hommes. Il veut que quelque chose soit fait. Il faut augmenter les financements, les campagnes de prévention, avertir les gens, ouvrir la conversation. Il est très passionné, ce représentant, des hommes sont en train de mourir après tout. Son visage mince est sérieux et sa voix solennelle. Il dédie sa vie à ce qu'il estime être une noble cause. C'est très louable. Mais je ne peux m'empêcher de penser que son organisation a choisi le mauvais cas comme plateforme pour promouvoir son message. La victime du suicide en question a tenté de brûler vifs sa femme et son fils de dix ans. Mis à part les kamikazes et les Américains qui infligent des tueries en milieu scolaire, je ne vois pas grand monde de moins sympathique.

Tout en mangeant mon porridge, je me demande ce qui se passerait si la BBC appliquait ses règles d'équité de manière un peu plus honnête. Quand des recherches conduites par des scientifiques réputés ont révélé les dommages irréparables que l'on inflige à la planète, la BBC a insisté par le passé pour jouer les marionnettes d'une industrie abjecte et vomir un contrepied immoral au nom d'un hypothétique équilibre. Quand nous avons dû prendre la décision ô combien complexe de savoir si nous devions rester ou non dans l'Union européenne ou continuer seuls notre route, la BBC a récuré les répertoires d'économistes pour en trouver un capable de défendre que c'était une bonne idée. Encore une fois dans la volonté d'écouter les deux parties, même si le Brexit était approuvé par une minorité de spécialistes. Pour ce fait divers, le spécialiste militant est le seul invité, ce qui n'est en soi pas un problème, mais aucun des présentateurs présents n'essaie de lui poser de questions pertinentes ou de se faire l'avocat du diable. Ils se contentent de hocher la tête tout le long de sa prise de parole.

Bien sûr, personne ne doit se bousculer au portillon pour s'opposer à une organisation humanitaire qui lutte contre le suicide à la télévision nationale. Mais il doit bien y avoir des avis divergents. Peut-être un représentant d'un groupe pro-euthanasie par exemple ? Après tout, les maladies psychologiques comme physiques ont été acceptées dans les cliniques suisses qui pratiquent les suicides assistés. Ou alors, quelqu'un appartenant à une association contre les violences domestiques, ou à la famille de la victime. Je crois qu'aucun d'entre eux ne mettrait en haut de ses priorités l'idée de sauver la vie de cet homme. Ou encore, une représentante d'une organisation contre les violences faites aux femmes ou d'un groupe féministe, qui serait à même d'expliquer que les hommes tuent beaucoup plus souvent que les femmes et que c'est peut-être à ce problème-là qu'il faudrait s'attaquer d'abord.

Et si la BBC était d'humeur vraiment créative, elle pourrait même m'inviter moi, ou quelqu'un comme moi. Une experte de la question du suicide, bien que dans mon cas, ce soit le suicide chez une catégorie très spécifique d'araignées. Je n'aurais jamais accepté. Je déteste me mettre en avant à peu près autant qu'être filmée, et je n'ai aucun désir de faire venir encore plus de violence dans ma vie. Mais dans le fantasme qui se joue dans ma tête, où je suis assise au petit-déjeuner sur le canapé de la BBC, je suis la voix de la raison. Même si dans la réalité, je suis dans mon propre salon, portant un vieux pyjama orné de koalas, bien trop enfantin pour quelqu'un de trente-cinq ans comme moi (Jamie me l'a offert, donc je continue de le porter même s'il a connu des jours meilleurs). C'est celui qui pousse ma sœur Freya à m'appeler *le mouton habillé comme un bébé geek* chaque fois qu'elle me voit avec. Pour compléter le tableau, je suis en train de manger un bol de porridge. Moi, le Dr Jessica, j'aurais pu partager quelque chose que nous savons déjà à propos du suicide : dans la nature, il n'est pas toujours considéré comme un problème. C'est même souvent un acte jugé sensible, altruiste, adaptatif.

Si quelqu'un m'écoutait, je pourrais dire que l'araignée Redback australienne, *Latrodectus hasselti*, aime manger son partenaire mâle pendant l'acte sexuel. C'est un peu son truc. Comme on peut l'imaginer, ce n'est pas le *kink* particulier de tous les mâles de l'espèce, mais ceux qui s'y adonnent ont le droit à un acte plus long qui leur permet de fertiliser plus d'œufs et donc de fabriquer plus de bébés araignées. Les gars araignées suicidaires peuvent nous sembler complètement fous. Mais dans le milieu naturel, leur comportement est parfaitement sensé. Ils ne survivent pas à leur nuit de passion, donc n'ont pas d'autre chance de transmettre leurs gènes, mais ce n'est pas grave car ils ont fabriqué une tripotée de bébés araignées qui vont grandir et le faire pour eux.

Ensuite, je pourrais choquer le public en évoquant les histoires de la crevette-pistolet, appartenant à la famille des *Alpheidae*, ou du rat-taupe nu, qui choisissent de ne pas procréer mais se sacrifient plutôt pour protéger les spécimens de leur espèce qui, eux, vont le faire. Ou encore l'humble bourdon, *Bombus lucorum*, l'insecte préféré de tout le monde. Il y a de petites mouches qui aiment utiliser ce pauvre bourdon comme maison pour leurs larves. Une fois les larves insérées dans son abdomen, il n'a plus que douze jours à vivre. Que font alors les bourdons infectés ? Est-ce qu'ils mettent à profit le temps qui leur est compté pour faire la fête dans leur colonie avec leurs potes ? Non. Conscients du sort qui les attend, ils s'envolent au loin pour prévenir leur espèce d'un sort semblable. Même si cet exemple en particulier n'est pas totalement lié au suicide, étant donné que le bourdon est infecté contre son gré, je le mentionnerais tout de même aux présentateurs – qui seraient sans nul doute pendus à mes lèvres –, parce que la littérature dans le domaine de la psychologie évolutionniste l'inclut. De manière plus appropriée, je mentionnerais l'abeille européenne, *Apis mellifera,* qui agit comme une gardienne en piquant les prédateurs supposés pour protéger les œufs et les abeilles qui sont en train de grandir dans le nid, même si cela lui coûte la vie. Je lancerais même le nom d'une plante, le *Tachigali versicolor,* un arbre suicidaire qui ne fleurit qu'une fois avant de mourir pour créer un espace dans la canopée afin que sa progéniture puisse avoir assez de lumière du soleil, survivre et prospérer.

Et je garderais la meilleure pour la fin. Enfin pas la meilleure, mais celle que je préfère : *Atypena lentili,* une variété particulièrement intéressante parmi les nombreuses *money spiders* que j'étudie. Dans les années 1980, on a remarqué que les araignées plus âgées pouvaient devenir stériles mais continuaient de vivre quelque temps. C'est une chose étonnante car mis à part les êtres humains et les baleines tueuses, peu d'espèces survivent à la ménopause. Autant que l'on sache, dans la nature, la plupart des animaux sont capables de reproduction jusqu'à leur mort. Ce qui est encore plus intéressant chez cette araignée, c'est le fait que certaines de ces femelles ménopausées peuvent se suicider. Et ce n'est pas beau à voir. Elles dévorent leurs propres pattes, puis se laissent mourir de faim ou se saignent à mort.

À cet endroit, je devrais préciser que les psychologues évolutionnistes et les biologistes évolutionnistes – et je dis cela en tant que psychobiologiste évolutionniste – savent raconter des histoires. Nous sommes fantaisistes. Les conclusions auxquelles nous arrivons reposent sur des inventions de notre part. Nous observons des choses et, normalement, ces observations ne sont pas inventées ou fantaisistes. Mais les inférences que nous établissont le sont. Bien sûr qu'elles le sont. Comment pourrions-nous savoir autrement *pourquoi* les animaux font ce qu'ils font ? Comment pourrait-on *savoir* que les femmes peignent inconsciemment leurs lèvres en rouge pour leur donner une apparence de vulve ? Et d'ailleurs, les gens aiment-ils vraiment les vulves rouge vif ? L'évidence suggère que non. Comment quelqu'un pourrait-il *savoir* que les hommes hétérosexuels sont attirés par les seins car ils ressemblent à des fesses ? Et comment saurions-nous que les êtres humains ont développé la créativité, l'humour et la philosophie dans le but de coucher avec plus de gens et ainsi, d'avoir plus d'enfants ? C'est impossible. On voit le *quoi* et on invente le *pourquoi.* Et au moment où de nouvelles études nous parviennent, nous *espérons* que les nouvelles histoires que nous inventons se rapprochent de la vérité. Elles n'en restent pas moins des histoires. Je ne dis pas que nous le faisons délibérément, mais quand nous attribuons du sens à des observations, on ne peut que le faire à partir de ce que nous savons déjà et de ce que nous avons expérimenté. Inévitablement, nos *découvertes* vont souvent confirmer un *statu quo*, ou nos propres croyances.

Quand ces petites bestioles autocannibales ont été découvertes, les scientifiques masculins impliqués se sont précipités, peut-être aurez-vous envie d'utiliser le terme

« naturellement », pour décider que leur comportement suicidaire était dû à la prise de conscience d'être devenues inutiles en vieillissant, perdant toute fonction et toute valeur. Ces araignées étaient devenues vieilles et moches, dépassées et stériles. Si aucun mâle ne veut les regarder de *cette façon,* autant manger leurs propres pattes, non ? Tout cela a du sens.

Sauf que l'histoire est plus complexe que cela. Après avoir fini l'université, j'ai rejoint le groupe de recherche qui avait justement mis au jour vingt ans plus tôt le comportement de cette étrange araignée. Même si mon travail était largement concentré sur une espèce de scorpion à cette époque, je suis devenue complètement obsédée par cette *money spider* d'un genre spécial. Et ce, seulement parce que les scorpions et les plus grosses araignées me foutaient les jetons dans le laboratoire. J'ai réussi à convaincre mon superviseur de me laisser écrire quelques chapitres centrés sur ces *Atypena lentili* dans mon projet de thèse et je les ai observées. Encore et encore. J'ai découvert que toutes les araignées vieilles et stériles de ce type ne se suicident pas. En fait, c'est le cas seulement d'un type en particulier : les spécimens femelles qui se trouvent à côté d'autres femelles, ce qui arrive rarement dans un milieu naturel mais est fréquent dans un laboratoire, et attirent *toujours* l'attention des mâles. C'est seulement dans ce cas précis qu'elles dévorent leurs propres pattes. Si aucune autre femelle n'est présente, elles laissent les mâles perdre leur temps à essayer de fertiliser des œufs qui n'existent pas et continuent de vivre comme si de rien n'était. Si elles sont entourées de femelles qui concentrent l'intérêt des mâles, elles restent simplement à regarder. Mais si elles pensent qu'elles se mettent en travers de la transmission de leurs gènes, pas en étant des vieilles peaux mais plutôt des bombasses d'un certain âge, elles décident d'en finir. Sur le plan de l'évolution, cela a beaucoup plus de sens que l'interprétation initiale, âgiste et sexiste. Plutôt que de penser que la vie n'a pas de sens sans conjoint, la femelle plus âgée augmente par son sacrifice les chances de transmission des gènes communs.

Voilà ce que je raconterais au public de la BBC à l'heure du petit-déjeuner, en dépassant probablement le temps qui me serait alloué, mais je serais lancée. Et je pourrais ajouter que de nombreux psychologues évolutionnistes, y compris certains de ceux qui travaillent dans mon champ de recherche, pensent que le suicide est un effet secondaire inévitable lié au fait d'être une personne altruiste, un prix que nous payons en étant des animaux extrêmement sociaux. Nous le sommes, non pas grâce à l'action divine d'un être suprême qui nous a faits à l'image de son cœur généreux, mais parce qu'être altruiste et social optimise nos chances de transmettre nos gènes. C'est ce qui donne envie aux gens de coucher avec nous, pour commencer. Mais de manière plus importante, l'instinct de protéger notre famille est celui de protéger ces gènes que nous partageons avec ses membres. Et cet instinct peut être poussé plus loin pour le bien de la société. Nous donnons du sang, de l'argent, du temps, nous devenons des soldats, des officiers de police, des pompiers, avec pour finalité la protection de ces gènes. Mais les scientifiques affirment que ce programme génétique qui pousse certains d'entre nous à se jeter dans des immeubles en flammes pour sauver nos semblables subit parfois des courts-circuits. Cela va trop loin. Certaines personnes sont tragiquement poussées à se suicider par une erreur de jugement : elles pensent qu'au nom de la transmission des gènes communs, le bénéfice de leur mort sera supérieur à celui de leur vie pour ceux qui les entourent, en particulier les membres de leur famille. Il existe bien entendu d'autres théories sur l'origine du sentiment suicidaire, mais selon celle-ci, un altruisme mal dosé et erroné est au cœur de la plupart des suicides. Menons cette réflexion à sa conclusion dure mais logique : si nous voulons une société humaine qui comporte de l'altruisme, nous devons, au moins pour le moment, accepter le suicide comme une conséquence sinistre. C'est un mal pour un bien. Je dirais au public de la BBC tout cela, que ça lui plaise ou non, car c'est une hypothèse largement partagée au sein de la communauté scientifique.

Mais c'est à cet endroit que je m'arrêterais, à propos de la vérité, ou la vérité telle que je la vois, probablement moins savoureuse que ce qui précède. Car je ne souscris pas totalement à cette théorie *du circuit court évolutionniste.* Il y aura toujours de mauvais calculs et des erreurs. C'est une affaire compliquée de mesurer la valeur de chacun. Et on pourrait dire que les gens dépressifs ne sont pas dans la meilleure des positions pour le faire. Mais bien sûr, ce genre de supposition n'est pas toujours basé sur des données. Certaines études ont montré que les gens dépressifs avaient un jugement bien plus avisé à propos d'eux-mêmes que ceux supposément d'une santé mentale stable. Leurs jugements sur leur propre intelligence, sex-appeal et popularité sont souvent plus justes que ceux des gens à l'esprit équilibré. On devrait d'ailleurs de manière plus correcte qualifier de déraisonnables les gens sains sur le plan mental, car en général ils se jugent bien plus intelligents, beaux et populaires que dans la réalité. Ils s'accordent une valeur supérieure et donc, bien sûr, ils veulent rester parmi nous. Que serait le monde sans un génie magnifique comme eux ? Comme nous ?

Donc oui, les erreurs et les mauvaises estimations sont inévitables. Mais j'ai compris de longue date que la majorité des suicides ne sont pas des incidents de l'évolution. Comme les araignées mâles masochistes, les bourdons et les vieilles *money spiders* sans pattes, peut-être sont-ils le résultat de traits évolutionnistes bénéfiques se déroulant de manière adéquate. Si on enlève l'homicide, peut-être que l'incendiaire de la BBC a eu le sort approprié. Peut-être que sa famille sera bien mieux sans lui. Sa femme pourra se remarier, et avoir d'autres enfants. Et, plus important, sur le plan de l'évolution, avec la disparition de leur père pyromane et meurtrier, peut-être que ces filles et ces garçons atteindront l'âge adulte en étant assez bien adaptés pour avoir des enfants à eux. Certes, le père est mort, mais ses gènes vont vivre.

Même dans mon fantasme d'émission à la BBC, je ne dis pas tout cela bien sûr. Je n'ai jamais dit ce genre de chose à personne. Pas vraiment. Je suis seule avec ces pensées, seule dans mon champ de pensée. Tous mes collègues se sont engagés dans ces recherches sur le suicide avec l'idée de pouvoir éventuellement contribuer à sa prévention. J'ai fini par réaliser que de mon côté, je cherche à contribuer à sa défense.

# Un péché

Même si je n'ai pas envie de m'excuser pour ma position sur le suicide, elle ne me met pas non plus totalement à l'aise. Elle me tourmente de plus en plus et a été une source constante de désagrément pour moi. D'un autre côté, pourquoi devrais-je me sentir coupable d'énoncer une théorie scientifique ? Et pas n'importe laquelle, d'ailleurs, car elle est une promesse de rassurer le monde entier en expliquant que tout est OK, ça roule comme la nature l'a voulu. On peut probablement attribuer cet inconfort vis-à-vis du suicide à la société dans laquelle j'ai été élevée. Et en particulier à saint Augustin.

Je suis sûre que vous avez entendu parler de ce bon vieux Gus, un chrétien érudit, philosophe influent, évêque d'Hippone en Numidie, né le 13 novembre 354 et mort le 28 août 430. Ne vous en faites pas si vous n'avez jamais entendu parler de lui, je ne connaissais pas grand-chose à son sujet non plus. Mais à partir du moment où l'on s'intéresse un tant soit peu au suicide, même seulement en surface, son nom ne cesse d'apparaître. Il s'avère qu'Augustin était un grand penseur et qu'il a influencé la façon dont nous vivons en Occident. Il a donné naissance au concept de guerre juste (c'est-à-dire moralement acceptable) comme une chose OK, même s'il pensait au fond que nous devrions tous être pacifistes. Je crois que je suis d'accord avec cela. Il était contre l'idée de persécuter les juifs et pensait que posséder des esclaves était un péché. Là aussi, je suis sur la même ligne que lui et je trouve bien dommage qu'il n'ait pas été plus influent sur ces deux sujets. Il avait des choses plutôt sympathiques à dire sur les femmes aussi. Enfin, pour son époque. Du genre « Soyez gentil avec votre épouse, Dieu pense qu'elle vaut le coup. » Plutôt chouette. Il n'était pas très porté sur l'astrologie, ce qui semble plutôt malin. Et enfin, il était partisan du libre arbitre et pensait que l'homme avait tendance à tendre vers le bien. Ce qui est plutôt un sentiment positif quand on y pense.

Mais personne ne peut avoir raison sur tout, j'imagine. Augustin était préoccupé par les pénis et ce qui les pousse à se mettre au garde-à-vous, en quête d'attention. Je ne suis pas historienne et encore moins théologienne, donc je ne m'étalerai pas davantage sur ce point, mais de ce que j'ai pu comprendre, il était convaincu que le fait qu'Ève ait mangé la pomme avait causé chez lui une perte de contrôle sur son membre. Et que le diable avait envoûté pénis et vagins. Dingue. Augustin était aussi très prolixe à propos des mécaniques spécifiques du Saint-Esprit, sur lesquelles il tenait un discours pour le moins clivant, se demandant si celui-ci venait de Dieu ou alors de Dieu *et* Jésus. Ce qui selon moi, même si je ne suis pas religieuse, semble passer à côté du sujet principal. Mais il est intéressant de citer saint Augustin dans ce que j'essaie de mettre au jour sur le suicide ici, car il n'y est pas allé de main morte. Il interprétait le commandement *Tu ne tueras point* comme s'appliquant à toute existence humaine, y compris la propre vie de ceux à qui il s'adressait. Le suicide devenait donc un péché, et un sacrément gros. C'était un meurtre ni plus ni moins. Des siècles plus tard, il a été soutenu par saint Thomas d'Aquin (1225-1274), qui a été encore plus loin, affirmant que non seulement le suicide était un péché mais du genre dont ne pouvait jamais se repentir. Un peu excessif. N'importe quel croyant tentant de se suicider était excommunié en cas d'échec, on refusait un enterrement chrétien au défunt en cas de réussite et les biens de sa famille pouvaient être confisqués. Ou comment frapper un homme à terre.

Et là où l'Église va, la loi suit sagement. En Angleterre et au pays de Galles, le suicide était illégal du XIIIe siècle à 1961, et la loi n'a changé en Irlande qu'en 1993. Les gens pouvaient être poursuivis pour avoir tenté de se tuer et il y a des tonnes d'histoires évoquant ce genre de cas. Celle de Lionel Henry Churchill est particulièrement marquante. Il s'est tiré dans la tête, accablé par le deuil de sa femme, mais il s'est raté. Il a été mis en prison pour six mois. La grande classe. Les gens étaient emprisonnés ou condamnés à payer des amendes jusqu'à ce que des politiciens comme sir Kenneth Robinson, ministre de la Santé, et Sir Charles Fletcher-Cooke, député, poussent pour changer la loi. Cela n'a pas été chose facile pourtant. Ils y ont travaillé pendant des années et quand la loi est enfin passée en 1961, le Premier ministre Harold Macmillan était toujours contre.

Pour résumer, le suicide a plutôt mauvaise presse dans ma culture. Et d'ailleurs, pas seulement dans la mienne. Il y a des pays dans lesquels le suicide est encore illégal, comme la Malaisie, le Niger ou le Liban. Une traduction que j'ai réalisée en ligne d'une loi libanaise explique qu'une personne qui fait une tentative de suicide risque l'emprisonnement de trois mois à deux ans et la peine peut aller jusqu'à trois ans en cas de handicap permanent ou de blessure causés par cette action. Même si nous ne sommes pas libanais, cette position n'est pas très éloignée de celle de mes aînés car dans leurs esprits, le suicide est une chose honteuse, chut, ne dis rien aux voisins.

Et même si cela est désormais totalement légal en Grande-Bretagne, nous n'avons toujours pas le droit d'*aider* quelqu'un à se tuer s'il en est physiquement incapable, même si cela se réduit à tendre une seringue posée sur une table de nuit et hors d'atteinte. On dit d'ailleurs encore souvent « commettre un suicide », comme dans « commettre un vol » ou « commettre une agression ». Le suicide est un terrible tabou pour celui qui le *commet*.

Mais ce n'est pas une fatalité et c'est d'ailleurs différent dans certaines cultures. Les Japonais acceptent beaucoup mieux le suicide, comme on peut le voir chez les kamikazes en temps de guerre ou dans la pratique du seppuku, considérée historiquement comme quelque chose d'admirable. Même aujourd'hui, le suicide est vu comme une route honorable pour ceux qui risqueraient d'amener honte et ruine à leur famille. Ne me comprenez pas de travers, je pense que le Japon a un problème avec le suicide, et le gouvernement essaie de faire quelque chose pour lutter contre sa recrudescence. Un peu plus de vingt mille citoyens japonais se sont suicidés l'an passé, des morts causées en grande partie par le chômage et le surendettement. Cela fait beaucoup de morts pour des raisons horribles. Mais mon point de vue est qu'en tant que société, le Japon tend davantage vers ma façon de voir les choses. Autrement dit, il paraît sensible et intelligent de tenter de définir les pour et les contre rester en vie pour l'entourage de celui qui cherche à définir la valeur de sa vie.

Si je ne suis pas la première à me demander si le suicide n'est pas une si mauvaise chose au fond, alors pourquoi dois-je lutter autant avec mes pensées ?

# *Un jour noir*

*J'ai tout organisé.*

*Je déteste ça mais je l'ai fait. J'ai été plus souvent au téléphone ces deux dernières semaines que les deux années venant de s'écouler. On m'appelle en permanence. Il y a tant de choses à penser. J'utilise un tableur sauvegardé dans un dossier de mon ordinateur. Le premier fichier du genre qui n'est pas lié à mon travail.*

*Il y a beaucoup de parties impliquées. Beaucoup de petites et de grandes roues dentées. Beaucoup de formulaires à remplir. De factures à payer. Beaucoup de gens sont intéressés, à informer. Beaucoup de gens qui veulent écouter. Beaucoup d'opinions. Beaucoup de contributions. Beaucoup de gens qui se font du souci. De gens qui ressentent des choses. Des gens qui comprennent et qui veulent que je le sache.*

*J'ai réussi à prendre du recul, d'une certaine façon, en devenant coordinatrice, en pensant aux roues dentelées, aux formes, aux gens, aux opinions, au souci. J'ai été capable de gérer tout cela pour les autres.*

*Mais maintenant ce jour est là et je n'arrive pas à croire ce que l'on s'apprête à faire.*

# Un thème récurrent

Je n'ai pas toujours voulu être une chercheuse spécialiste du suicide. Évidemment que non. Et je n'avais pas non plus comme rêve d'enfant de manipuler des araignées. Même après toutes ces années passées à les côtoyer, elles me font toujours terriblement peur. La biologie m'intéressait mais tout ce que je voulais, c'était devenir quelqu'un avec un diplôme universitaire et ne plus vivre chez mes parents. En plus de la tentative de suicide ratée de mon père, trois événements ayant eu lieu pendant mes recherches ont influencé la direction qu'elles ont prise. J'ai déjà évoqué la première – j'ai entendu parler des araignées ménopausées suicidaires grâce à l'homme qui a mis au jour cette découverte. Je ne peux pas nier que c'était plutôt cool. Mais mon intérêt pour cette question serait sûrement resté anecdotique s'il n'y avait pas eu deux autres événements importants. Voici le premier :

J'ai dix-neuf ans et je suis en deuxième année à l'université. Je vis dans une maison haute et étroite à Hammersmith avec quatre personnes que j'aime plutôt bien, parmi lesquelles se trouvent des amis qui deviendront très proches et sûrs par la suite. Celui que je préfère est Adam, qui dort dans la chambre située sous les toits, au-dessus de la mienne. Il est LA personne de la fac avec qui je décide activement de devenir amie. En faisant ma première rentrée à l'université, je ne suis pas sûre de ce que je dois faire de cette histoire d'amis. En plus d'être naturellement timide et méfiante envers les autres, je suis aussi mauvaise pour prévoir et planifier le futur. J'ai toujours mis ça sur le compte du mode « survie », celui que j'ai adopté la majorité de ma vie et qui m'empêche de penser au futur. Je sais seulement me concentrer sur le présent immédiat. Je suis nostalgique de la bande que j'avais au lycée et j'ai du mal à imaginer pouvoir la remplacer. Freya, ma petite sœur, me manque aussi énormément. Elle n'avait que huit ans à l'époque et, aussi fou que cela puisse paraître, elle était une de mes meilleures amies. Ce qui en dit probablement long sur mon degré de maturité.

Freya était alors une source gigantesque de joie dans ma vie et je me sentais extrêmement coupable de la laisser avec mon petit frère affronter le quotidien à la maison alors que je faisais une escapade vers la liberté. Tout cela me rendait méfiante vis-à-vis des étrangers tout sourire qui me parlaient dans les files d'attente, les couloirs ou les bibliothèques de l'université. Je n'étais pas capable de piger ce que les gens qui se faisaient de nouveaux amis pouvaient bien *vouloir.* Je pouvais seulement imaginer leurs intentions cachées parce que chercher à me connaître pour devenir ami avec moi me paraissait juste impensable. Bien sûr, je suis contente que certains aient fait l'effort de me parler, et même reconnaissante qu'ils aient insisté malgré mon accueil plutôt froid.

Adam, lui, est différent. Je le vois pour la première fois à une fête organisée pour les nouveaux arrivants. Il se tient là au milieu d'un paquet de mecs BCBG. Il n'a pas les cheveux ébouriffés, des chaussures bateau ou un polo. Il ne porte pas non plus, encore pire, de tongs, de jeans déchirés et de bracelets brésiliens en lambeaux, signes évidents d'une année sabbatique. Il ressemble aux amis que j'avais avant de partir de chez moi. Il porte un t-shirt The Smiths, une paire de Converse et des cheveux noirs dont le style et la longueur disent *j'aime la musique grunge et je joue de la guitare et j'ai une facette sensible si tu veux vraiment savoir... mais je me lave aussi les cheveux tous les jours.*

Il est assis au milieu d'un groupe mais ne parle ni ne regarde personne. Il a l'air timide, songeur et mystérieux, comme s'il avait besoin qu'on le remarque sans forcément inviter à entrer en contact avec lui. Je trouve tout cela très magnétique. Je traverse délibérément la pièce pour lui parler. Il est probablement le seul inconnu avec qui j'entame une conversation à l'université. Et même après l'avoir quittée, d'ailleurs. Je le fais car je veux devenir amie avec lui. À n'importe quel prix. Je fais une petite pause ici car j'ai décrit Adam comme un fantasme adolescent ultime et je devrais probablement éclaircir le fait que je n'étais pas motivée par une forme d'attirance. C'est toujours difficile de savoir quand et comment le dire aux gens, surtout quand on est célibataire, encore plus de l'écrire, surtout ici, où je ne sais pas pour qui ou pour quoi je travaille à ce texte. Est-ce que c'est utile de le dire ? Bon, bref, je suis lesbienne. La belle affaire. Le genre de lesbienne qui a toujours su qu'elle l'était. J'ai fait mon coming out auprès de mes amis à l'âge de seize ans et à dix-huit ans, quand j'ai rencontré Adam, j'avais déjà eu une relation sérieuse avec une femme. Donc quand je dis que je voulais être amie avec Adam, je parle vraiment d'« amie ». Il avait l'air cool, sensible, timide, doux et marrant et j'avais envie de lui parler.

Revenons à la soirée des nouveaux arrivants. Assistée par le Snakebite and Black (cocktail de Guinness, de cidre et de cassis que je viens de découvrir et trouve répugnant), je m'accroche à un petit endroit rare de courage social en moi et m'avance pour engager un contact avec un étranger. Je me dis qu'il est simplement un ami que je n'ai pas encore rencontré.

Au premier abord, Adam me lance le même genre de regard méfiant que j'ai adressé à tout le monde jusqu'ici, ce qui me fait l'aimer encore plus. Mais rapidement, il se détend. Et même s'il est en fait un garçon BCBG qui arrive d'une école privée, une catégorie visiblement difficile à éviter dans cette université, il est aussi encore plus drôle, sympa et timide que ce que j'avais imaginé. On commence alors à traîner ensemble de manière très régulière. Au bout d'un certain temps, un groupe se forme autour de nous car les gens cherchent notre compagnie, probablement celle d'Adam plus que la mienne. Mais même si ce groupe s'élargit, le lien qui m'unit à Adam reste très spécial. Quand tout le monde va se coucher, nous restons les seuls debout à imaginer des petits films ridicules que l'on trouve hilarants et que personne d'autre ne comprend. C'est avec lui que je fais un détour vers le McDonald's en rentrant de soirée vers quatre heures du matin et avec lui que je partage des secrets autour d'un alliage de viande grise et de fromage en plastique – il parle de ses histoires d'amour et moi de ma vie de famille. Et c'est avec lui que je décide de vivre en deuxième année, d'autres amis se joignant bientôt à nous.

Aux vacances de Pâques de cette seconde année, la colocation est un succès. On s'amuse autant qu'à la fac, mais dans une maison qui est à nous et qui nous a sûrement encore plus rapprochés. Le partage est la monnaie de l'amitié, peut-être partout, mais encore plus à l'université. Les gens partagent de manière consciente leurs histoires de familles dysfonctionnelles et de vies difficiles, renforçant leurs liens à travers ces échanges. Je raconte mes histoires au même titre que les autres. Cependant, comme les miennes sont bien pires que les leurs, ils ont l'impression que je me suis livrée davantage et se sentent plus proches de moi. Bon an mal an, mes colocataires et moi formons un cercle amical resserré et j'apprends à les aimer.

Me voici donc. Dix-neuf ans, vivant dans une maison haute et étroite de Hammersmith, entourée de gens que j'apprécie, dont certains deviendront des amis très proches. C'est un endroit rassurant et stable, du genre où l'on peut faire des plans, et où les plans se déroulent sans que personne n'en souffre. Un endroit agréable où vivre, surtout si on n'est pas habitué à ce genre d'environnement. Ce qui est mon cas. Je viens juste de me réveiller dans cette maison. C'est le deuxième jour des vacances de Pâques et je ne suis pas encore rentrée dans ma famille. J'ai tendance à ne pas retourner chez moi pendant les vacances et, comme mes parents vivent à

Londres, je ne vais probablement leur rendre visite que le jour de Pâques. Peut-être même juste faire un saut pour emmener Freya se balader. Minimiser les dégâts.

Harriet et Adam non plus ne sont pas rentrés voir leur famille car aujourd'hui, nous allons dans un magasin de disques à Oxford pour voir un de nos groupes préférés se produire et signer du merchandising. J'ai acheté une édition ultralimitée d'un disque du groupe spécialement pour l'occasion. Même si je ne me suis jamais servie d'une platine de toute ma vie, j'ai prévu d'encadrer le vinyle une fois qu'il sera signé. Des années plus tard, le chanteur du groupe sera dénoncé comme étant un grand malade manipulateur qui s'en prend à des filles mineures, me poussant à balancer à la poubelle le disque et le cadre bas de gamme, et à avoir envie de vomir chaque fois que j'écoute sa musique. Mais à ce moment précis, je ne peux pas rêver d'une plus belle manière de passer cette journée ni de gens avec qui j'ai plus envie d'être que Harriet et Adam. J'ai fait beaucoup la fête ces dix-huit derniers mois, pleins de drogues et d'alcool, mais c'est à ce moment que je commence à me sentir satisfaite et équilibrée à l'université.

J'efface le sommeil de mes yeux et descends dans la cuisine où Harriet est en train de boire du café en regardant un DVD de la série *Peep Show* sur la minuscule télévision posée dans un coin. Je me prépare un toast et du thé et je la rejoins à la table de la cuisine. On regarde ensemble l'épisode, évoquant notre excitation liée au concert, à la signature et notre refus de penser aux examens. Harriet et moi, on peut être assez bruyantes quand on est ensemble, ce qui nous surprend autant l'une que l'autre. Je n'en reviens pas que cette fille très *girly*, avec sa chevelure blonde et ses allures de bourgeoise de bonne famille, puisse aimer les mêmes groupes que moi. Et elle est surprise de son côté d'autant aimer piailler et se faire les ongles avec une copine lesbienne, emo et gothique comme moi.

Alors que l'on regarde plusieurs épisodes de *Peep Show* d'affilée, Harriet me raconte sa rupture récente, qui lui a fait beaucoup de peine, et me parle de ce garçon, David, qu'elle commence juste à fréquenter. Il l'attire énormément mais elle n'arrive pas à expliquer pourquoi. Elle va finir par se marier avec ce David, mais à cette époque-là, je n'en ai aucune idée et j'imagine qu'il est simplement une passade après sa rupture. On bavarde si longtemps qu'il est déjà l'heure du déjeuner et on prépare notre repas d'étudiants préféré à base de nouilles au poulet et de galettes de maïs. On se demande bien ce qu'on va porter pour aller au magasin de disques, avant de monter nous laver et nous préparer, enfilant les tenues branchées mais d'apparence négligée que nous avons sélectionnées. Nos chambres sont mitoyennes donc on échange à travers le mur sur l'avancement des préparatifs. On joue chacune des chansons différentes du groupe que l'on s'apprête à aller voir, dans une sorte de compétition. Au moment de partir, sans surprise, je suis en retard et Harriet râle, mais seulement pour la forme. Si ma difficulté à être à l'heure l'embêtait tant que ça, elle ne serait jamais devenue amie avec moi. Je suis rassurée à l'idée qu'Adam n'est pas encore sorti de sa chambre. Il est souvent encore plus en retard que moi. J'ai de toute évidence encore le temps de me faire le *quiff* que Harriet m'a appris récemment. Je maîtrise plutôt bien cette coiffure désormais, même si sous la pression du retard je peux rater mon coup. Aujourd'hui, c'est le cas et Harriet me regarde, ce qui achève de me déconcentrer. Je lui demande de sortir et d'aller chercher Adam, puisqu'il a tendance à rester dans sa grotte. Je vois qu'elle est tiraillée entre le plaisir de se moquer de mes doigts maladroits – « connasse à gros doigts » est une de ses insultes préférées – et la nécessité de pousser Adam à se dépêcher. C'est le petit ange au-dessus de son épaule qui gagne et elle se dirige vers sa chambre.

Elle ne part pas longtemps et quand elle revient, elle paraît embêtée. Adam n'est pas là. En est-elle sûre ? C'est un gars imposant, la chambre est petite, elle en est certaine. Elle cherche dans toute la maison, sans succès. Il n'est nulle part. On regarde nos téléphones, mais pas de nouvelles de lui.

Harriet commence à se mettre en colère. Elle peut supporter le manque de ponctualité, mais pas ce genre de comportement inconsidéré. Est-ce qu'il est repassé par la maison ? Déjà parti avant nous ? Comment peut-on le savoir s'il ne prend même pas la peine de nous prévenir ? Je commence à m'inquiéter, car je réalise que je n'ai pas vu Adam la veille au soir. Je demande à Harriet si elle l'a croisé mais elle répond par la négative. Elle se dit qu'il a peut-être eu de la chance avec cette fille du cours de physique qu'il convoite ces derniers temps. Ou peut-être celle du cours de chimie qui l'aime bien ? Je me force à me rassurer. Adam est un mec populaire donc cela semble plausible et ce ne serait pas la première fois qu'il ne dort pas à la maison sans prévenir personne. Il vit au jour le jour, ce qui fait de lui un compagnon sympa, mais pas le meilleur pour donner des nouvelles. Quoi de mieux pour ce genre de personne que de faire des rencontres amoureuses ? On peut bien partir sans lui, non ? Harriet me confirme qu'on le peut. D'ailleurs, elle est certaine qu'il est en route pour le concert après avoir découché. On lui envoie chacune un SMS et on lui laisse un mot au cas où il s'arrêterait ici avant de repartir. Et puis on part pour le concert.

Je ne devrais pas écrire ça vu ce que j'ai révélé un peu plus haut sur le chanteur, mais ce concert est épique, le meilleur du groupe que j'ai pu voir. Et comme c'est un showcase dans un magasin de disques, l'ambiance est très intime, on peut même voir la salive du chanteur sortir de sa bouche. Peut-être que si le concert n'avait pas été aussi dingue, si le groupe n'avait pas été aussi sympa au moment de la signature et si je n'avais pas eu le béguin pour leur bassiste lesbienne, j'aurais davantage pensé à Adam. Mais je réalise qu'il ne nous a pas rejointes seulement quand on quitte le magasin.

On écrit à Adam pour lui dire qu'on va se poser au Garlic & Shots, un pub gothique que j'adore, et continuerai à apprécier des années plus tard. Harriet l'aime aussi, malgré le fait qu'elle y fasse totalement tache. On s'installe dans une alcôve au sous-sol, sans réception téléphonique et on avale des shots, oubliant Adam pendant quelques heures. Quand on sort dans la rue, et sans nouvelles de lui, on enregistre une vidéo de nous deux en train de chanter bruyamment et très mal une des chansons du groupe du jour et on la lui envoie.

On est au top. La météo commence à se faire plus clémente. Demain, Harriet va rentrer chez elle et nous allons toutes les deux commencer à réviser sérieusement. Ce soir, nous voulons profiter de notre jeunesse et de notre liberté. On va commander un *shish kebab* dans le quartier et on discute bruyamment avec d'autres clients éméchés en attendant notre commande. On finit par prendre le bus, chantant la bouche pleine de piments et d'ail pendant le reste du trajet. On est le genre de personnes que vous détestez croiser dans un bus de nuit et on adore ça. En rentrant à la maison, Adam n'est toujours pas là et on fume un peu de weed la fenêtre ouverte en écoutant de la musique. Je ne me souviens plus de quoi on parle, mais c'est certainement très profond. Nous sommes deux personnes terriblement profondes.

À un moment, il est décidé que David, le nouveau crush de Harriet, vienne après sa soirée et j'ai hâte de le rencontrer. Il entre en essayant de rester nonchalant, ses cheveux sont en bataille et il fait des manières en parlant. Je vois qu'il est plutôt nerveux et essaie de se faire bien voir par l'amie de Harriet. Je l'apprécie immédiatement. Nous rions et parlons pendant des heures avant que je ne réalise que je tiens la chandelle et me retire dans ma chambre au moment où le soleil se lève.

La dernière chose que je fais avant de dormir est d'écrire à Adam pour lui dire à quel point cette journée a été merveilleuse. Je suis triste qu'il n'ait pas été là, mais cela n'aurait pas pu être plus parfait. Il est probable que la bassiste et moi allons tomber amoureuses. Le nouveau chéri de Harriet est un beauf amateur de rugby. Mais je l'aime bien. On devrait vivre ensemble pour toujours. Promis ? Je suis ivre, défoncée, épuisée, heureuse. Je lui demande où il se trouve, par pur intérêt, pas par inquiétude. Puis je m'endors.

La sonnerie me réveille. Ma tête me fait souffrir et ma bouche me donne l'impression qu'un lézard y est mort un an plus tôt. Pourquoi est-ce que j'ai mis une alarme ? Pourquoi aurais-je fait quelque chose d'aussi stupide ? Le soleil brille à travers mes rideaux pourris. Je suis rentrée un soir à la maison et j'ai vu que quelqu'un était dans ma chambre. Adam était en train de chercher un CD que j'avais oublié de lui rendre. Du dehors, je pouvais tout voir distinctement, chaque détail, l'expression de déception sur son visage en trouvant le disque dans la mauvaise boîte et le soin qu'il avait pris pour le remettre à sa place. Je me suis demandé pourquoi il avait ouvert les rideaux, alors que je le faisais rarement moi-même. Et puis j'ai réalisé qu'il ne les avait pas ouverts. Ils étaient bien fermés. Voilà à quel point ils étaient de mauvaise qualité. Je m'étais changée face à ces rideaux les six derniers mois et j'avais même fait monter un rencard dans cette chambre un soir. J'étais mortifiée, mais pas assez pour faire quelque chose. Je me change dans la salle de bain à présent et décide de ne plus recevoir dans ma chambre en cas de rencontre heureuse. Le soleil qui passe à travers ces rideaux inutiles me signale qu'on est au milieu de la journée. Ce bruit désagréable n'est pas l'alarme de mon réveil. C'est un appel téléphonique.

Je passe la main par terre et cherche mon téléphone. Je le trouve et vois que « Maison Adam » est en train de m'appeler. Il a dû rentrer chez ses parents sans nous le dire. Bizarre. Je décroche et lui dis d'une voix enrouée, faussement criarde, qu'il va se faire remonter les bretelles par Harriet. Ce genre de conneries imprévues marche peut-être avec certaines femmes, mais pas avec elle.

Mais ce n'est pas Adam. C'est sa mère. Ma surprise en entendant sa voix masque initialement l'inquiétude. Elle pleure. Quand je finis par reprendre mes esprits, assise sur le lit, soudainement bien réveillée, mon cœur se met à battre à toute vitesse, et mon estomac rempli d'alcool se serre. Elle essaie de me dire quelque chose que je ne peux pas comprendre et je sens que je suis désagréable quand je lui demande de parler plus lentement. C'est finalement le père d'Adam qui prend le téléphone. Je l'entends dire que ce n'est pas à lui de faire ça.

Il m'explique qu'il m'appelle car Adam a beaucoup parlé de moi. Il espère que je vais pouvoir donner la nouvelle à ceux qui ont besoin de savoir. Il y a deux jours, Adam s'est suicidé. Il a sauté sous un train. Il me dit qu'il y aura un enterrement bientôt, dès que la police aura fini ce qu'elle doit faire. Il espère que je pourrai être présente. Il ne peut pas me dire grand-chose de plus, il ne sait pas quoi ajouter, mais ils ont décidé que les gens devaient savoir, que certaines personnes devaient être inquiètes. Je suppose que nous l'étions, mais c'était un sentiment beaucoup plus agréable que celui qui me traverse à ce moment-là. Je le remercie, lui dis que je suis désolée, tellement désolée. Sa voix se brise quand il me dit au revoir.

Je frappe sur le mur séparant ma chambre de celle de Harriet plusieurs fois, avant de réaliser qu'elle est sûrement déjà partie. Je me souviens avoir perçu vaguement dans un demi-sommeil ses parents venir la chercher ce matin. Je passe le reste de la journée à pleurer et vomir, vomir et pleurer. Entre deux séjours à la salle de bains, j'arrive à contacter tous les gens qui connaissaient Adam, ce qui me fait encore plus pleurer et vomir. Je ne commence pas à réviser comme je l'avais prévu.

Trois semaines plus tard, j'arrive en retard aux funérailles à Coventry. Je suis soulagée quand je constate qu'elles n'ont pas commencé. Je n'ai pas encore appris que les mariages et les enterrements commencent toujours en retard le temps que la star du jour puisse terminer d'être maquillée. Je m'assois discrètement dans un rang où se trouvent des amis de la faculté d'Adam, à côté de Harriet. On n'a pas le temps de se parler car la cérémonie commence à ce moment-là. Une musique classique sombre commence à résonner mais semble être jouée au loin. Une main invisible augmente soudainement le volume, faisant sonner de manière agressive les violons et créant un *feedback* désagréable. Quelqu'un intervient, mais de manière disproportionnée. La musique devient inaudible. Ces tâtonnements continuent un moment pendant lequel je me demande comment font tous ces gens pour faire comme si de rien n'était sans avoir envie de rire. Je sais que si Adam était assis à côté de moi à cet instant, nous serions incapables de réprimer un fou rire. Cette pensée m'étrangle, effaçant toute idée d'amusement. Il y a un soupir collectif de soulagement quand la musique finit par se stabiliser à un volume convenable et que la cérémonie peut se poursuivre.

C'est un service plutôt conventionnel, sauf qu'il est plus court et qu'il y a moins de monde qu'à ceux dont j'ai déjà été témoin. À dix-neuf ans, j'ai déjà assisté à quatre enterrements. Deux pour mes grands-parents, un pour mon oncle. La seule fois où j'ai assisté à une cérémonie pour une personne jeune était l'an dernier, lorsque la sœur d'une camarade de classe est morte d'un cancer à l'âge de seize ans. C'était quelque chose. L'église était pleine de jeunes gens, de parents, de professeurs. Le sermon était particulièrement émouvant et long, célébrant cette existence si courte, tout en essayant de trouver un sens dans un monde où une jeune femme gentille, intelligente, belle et drôle peut être fauchée dans la fleur de l'âge. Les amis et la famille avaient fait la queue pour ajouter leurs pensées, leurs vœux et lire des textes pendant la cérémonie. La plupart des gens étaient debout tant l'église était pleine et les sièges tous occupés.

Celui-ci, mon cinquième enterrement, et le second pour un jeune, est à des lieues de cela. Nous nous trouvons dans un crématorium, avec un décor utilitaire et un peu moins de la moitié des sièges occupés. Le sermon est court et je ne suis probablement pas la seule à le trouver gênant. La façon dont Adam est mort n'est pas évoquée directement, et elle flotte donc dans nos esprits. Il n'y a pas de veillée. Je ne sais pas si ce choix a été fait par la famille ou imposé par les circonstances de son décès. Il y a tout de même du thé et du café servis dans le foyer et la moitié des gens restent pour partager une boisson chaude.

Harriet et moi retrouvons trois autres amis de l'université : Nat et Anthony, nos autres colocataires, et Kelly, une voisine de classe qui avait un faible pour Adam. Nous évitons le silence et les sujets sérieux en parlant des choses habituelles qui n'intéressent personne mais finissent toujours par arriver sur le tapis : les fois où on est allé dans un crématorium, la météo, combien le thé est agréable, de quelle manière on pense rentrer chez nous. Mais la mère d'Adam a d'autres plans. Elle s'approche de notre groupe et nous remercie d'être venus. Puis, elle regarde chacun de nous dans les yeux et lui demande pourquoi Adam s'est tué et ce qu'elle aurait pu faire pour l'en empêcher.

Nous sommes rongés par le chagrin et la culpabilité en lui disant à tour de rôle que nous n'en savons rien. Derrière, le père d'Adam, ses deux sœurs cadettes, un demi-frère et une demi-sœur d'un précédent mariage nous jettent des regards désespérés. C'est la chose la plus triste à laquelle on puisse assister, une mère faible, défaillante, cherchant des réponses pour essayer probablement en vain de guérir son cœur brisé.

Les réponses finissent par arriver mais n'aident pas forcément à la guérison. Deux semaines après la cérémonie, j'arrive à l'université pour une conférence et mes amis se comportent étrangement. Depuis la mort d'Adam, ils m'ont traitée comme si j'étais une pièce endommagée. Je ne leur en veux pas. Je vois qu'ils se sentent, au choix, effrayés à l'idée que ma tristesse soit contagieuse ou coupables de ne pas se trouver aussi mal que moi. Mais aujourd'hui, leurs manières bizarres sont décuplées, et leur silence pesant. Finalement, quelqu'un me tend un journal et me désigne un article. Apparemment, la presse a entendu parler de la mort d'Adam. Je suis agacée de ne pas avoir trouvé l'article par moi-même. Plutôt que scruter l'actualité, je me suis concentrée sur les petites étapes me permettant de progresser et renouer avec la vie – me laver les dents, les cheveux, penser à manger, mettre mon réveil à sonner, acheter une carte de bus. Mais ce n'est pas une excuse. Je suis quasiment passée à côté de cette information.

Mon cœur bat si fort que je le sens dans mes yeux en lisant. Ça paraît irréel de voir ma propre tragédie être traitée comme une dépêche dans le journal. Adam, est, « était », une vraie personne dans ma vraie vie, pas un personnage dans un quotidien. Un jeune étudiant prometteur originaire de Londres est le trentième à se suicider depuis janvier, nous apprend le titre de l'article. J'y découvre qu'Adam a avalé une grande quantité de pilules et d'alcool avant de se jeter sous un train, comme s'il voulait vraiment éviter de se rater. J'apprends aussi que son père – soixante ans – est un haut fonctionnaire du bureau des Affaires étrangères et possède trois résidences. Je n'ai jamais su ce que son père faisait comme travail, ni son âge. C'est étrange d'être mise au courant de cette manière. J'aurais juré qu'il était plus âgé. Quoi qu'il en soit, la personne qui a écrit cet article semble en savoir plus sur mon ami que moi. J'apprends aussi qu'Adam peinait dans ses études et manquait régulièrement les cours. Cela nous arrivait à tous, surtout ceux du matin. Adam en a-t-il manqué plus que nous ? De toute évidence, oui. J'apprends qu'il a des problèmes de santé mentale depuis le début de son adolescence. Il m'avait parfois avoué se sentir triste ou frustré et se demander où tout ça le menait. Mais on disait tous des choses un peu torturées quand on était bourré, des trucs d'adolescents qui veulent paraître profonds. Je ne l'avais jamais pris au sérieux.

Et puis, j'arrive à Holly, une élève de la promo d'Adam, dont il avait parlé quelques fois. Il m'avait dit qu'elle lui plaisait et qu'il avait l'impression que c'était réciproque. Il se demandait si elle ne l'utilisait pas pour rendre jaloux d'autres garçons. J'avais l'impression que c'était un peu une peste, même si je n'avais pas pris le temps de vraiment la considérer. Dans le journal, j'apprends qu'après avoir été rejeté par elle, Adam avait commencé à la harceler et la suivre. Il avait inondé son téléphone, sa messagerie de l'université, sa messagerie MSN et son compte MySpace avec des messages pervers et agressifs, des menaces et images violentes ou sexuelles. L'article en cite certains et les lire me rend malade. Il a aussi répandu des rumeurs sur son compte auprès de ses camarades. Dans certaines occasions, il a en outre assisté aux mêmes cours que Holly, s'asseyant à côté d'elle ou au rang derrière, lui passant des notes haineuses ou lui murmurant des insultes. J'apprends que Holly, effrayée par son comportement, avait arrêté de venir en cours. Mais Adam avait découvert où elle habitait, travaillait, et s'était mis à l'appeler ou lui rendre visite, passant même certaines nuits entières devant chez elle. J'apprends que la semaine de la mort d'Adam, l'université avait été mise au courant de sa conduite et qu'Adam avait été convoqué le jour où il s'est suicidé. Mais il n'est jamais venu. J'apprends que tout ça a duré des mois, sans que jamais je ne m'en rende compte. J'apprends que je suis une idiote, crédule, incapable de juger les gens, doublée d'une mauvaise amie.

Deux semaines plus tard, je me sens moi-même comme une *stalkeuse*. Je me trouve dans le bâtiment de sciences physiques où Adam suivait habituellement ses cours. Je ne suis venue ici que quelques fois, mais je sais où m'asseoir pour avoir une vue claire des gens qui entrent et sortent de l'amphithéâtre, sans être remarquée. La cloche sonne et les étudiants sortent de la salle. Ils sont une centaine là-dedans et au moment où la foule s'amoindrit, je commence à perdre espoir. Mais au bout de la queue, je finis par l'apercevoir. J'ai trouvé à quoi elle ressemblait grâce à Google et MySpace et la fille que je vois est bien Holly, même si elle paraît plus petite en vrai. Elle serre une chemise remplie de notes sur sa poitrine et rit avec deux amies. Elles s'arrêtent à la fontaine pour remplir leurs gourdes. Même si je ne la connais pas, Holly semble sans nul doute heureuse et libérée.

Depuis que j'ai lu l'article, j'ai discuté avec quelques mecs du cours d'Adam que je connais de loin ; j'espérais que le journal avait fait erreur et que Holly était une menteuse malsaine. Cela pouvait arriver et si c'était le cas, j'avais prévu d'acheter toutes les copies de cette feuille de chou et de les brûler devant la maison de cette sorcière de Holly. Mais les gars du cours de physique confirmaient tout ce que j'avais lu, et bien plus. Elle n'était pas une sorcière mythomane et, s'ils étaient copains avec Adam, ils avaient pris leurs distances après qu'il avait commencé ce qu'ils qualifiaient de « *putain de campagne de haine flippante* » contre Holly. Ils avaient l'impression que tout ça allait ruiner sa vie et se terminerait dans la violence.

Si Adam avait continué ses menaces contre Holly, elle serait sûrement devenue victime de viol ou de meurtre. Mais même si ça n'avait pas été le cas, les menaces seules avaient eu un impact significatif sur son existence. La semaine passée, j'ai fait des recherches sur les effets du harcèlement sur les victimes, et j'ai appris qu'elles sont nombreuses à souffrir de stress post-traumatique. Les gens changent de vie à cause de choses comme ça, ils changent de travail, de ville, de nom. Holly avait d'ailleurs arrêté d'aller en cours. Les victimes peuvent souffrir de flashbacks, de crises de panique, de problèmes d'intimité, de confiance, de troubles dans leur vie sexuelle. Adam était déjà en train de commettre des actes d'agression et de terreur contre Holly et il menaçait de faire encore pire.

La voir ici, de retour à l'université, visiblement heureuse et soulagée, a confirmé ce que j'avais pressenti en lisant cet article. Que de toutes les choses qui auraient pu advenir dans cette situation horrible, la mort d'Adam n'était peut-être pas la pire. Même si le perdre avait brisé mon cœur, j'étais heureuse que la violence qu'il avait commise se soit tournée contre lui et non contre quelqu'un d'autre. Plus que cela, je commençais à penser que les choses étaient écrites pour se passer de cette manière, que c'était peut-être pour le mieux. Peut-être qu'Adam avait fait ses comptes et que ses calculs évolutionnistes étaient corrects. Sa mort signifiait qu'une personne, à laquelle il tenait d'une manière complètement malade, pourrait vivre.

# Une réunion

« OK, on ferme les yeux. Toi aussi Susan, on ne triche pas. Maintenant, ouvrez vos mains, tendez vos doigts et montrez la note sur dix que vous avez donnée. »

C'est de cette manière que l'on juge les livres dans notre *book club*. On utilise cette méthode pour ne pas être influencé par les opinions des autres. Ensuite, on demande aux personnes ayant mis les notes les plus hautes et les plus basses de parler en premier. Même si j'ai tendance à être plutôt timide et réticente à parler en public, et donc à opter pour une note moyenne, aujourd'hui, je montre avec courage mes dix doigts. C'est le premier « 10 » que je décerne dans ce groupe et peut-être un des seuls que j'accorderai jamais. Freya se vante d'être membre du *book club* quand elle veut impressionner un mec et paraître intellectuelle même si elle n'est jamais venue à aucune réunion. Je lui ai dit que si jamais elle ne devait lire qu'un ouvrage du club, c'était celui-ci. Elle a feint de l'ignorer mais j'ai senti qu'elle allait tenter le coup quand je lui ai tendu mon exemplaire du livre. Elle ne sera pas déçue. Cette autrice est un sacré génie.

« OK, tout le monde peut montrer sa note maintenant. »

En regardant autour de moi, je ne suis pas surprise de voir un océan de « 9 » et de « 10 ». Je suis soulagée aussi de me dire que je ne serai pas obligée de parler si je n'en ai pas envie. Et puis, je vois une exception : « Rachel la controverse ». On peut toujours compter sur elle pour nager à contre-courant.

Elle a décerné un « 2 » au livre et les doigts qu'elle a choisi de tendre représentent bien ce qu'elle ressent après sa lecture.

« Commençons avec les "10" si ça vous va ? Quelqu'un a envie de dire pourquoi il a tant aimé ce livre incroyable ? »

Ashley dirige le débat, car c'est elle qui a choisi le livre ce mois-ci. Ce n'est pas une compétition, mais on voit qu'elle exulte d'avoir suggéré un roman si populaire. En tant que personne cis et hétérosexuelle, Ashley est en minorité dans notre groupe, queer à 80 %. Elle a probablement imaginé à raison que ce livre bien gay ravirait notre groupe bien gay.

Sabrina annonce qu'elle a envie de commencer. Comme d'habitude, je vois des sourcils qui se haussent. Mais comme d'habitude, elle n'y prend pas garde. C'est un club amical, donc quand des gens essaient de prendre le dessus, surtout quand ces gens sont Sabrina, personne ne réagit vraiment. Elle nous explique que son ami homosexuel a lu le livre quand il est sorti et qu'il pense que c'est un des romans gays les plus importants jamais écrits. Elle est d'accord avec lui, mais elle trouve aussi qu'il transcende la sexualité et parle de quelque chose de plus grand. Pour elle, il évoque le bien et le mal, le bonheur et la souffrance. C'est un véritable conte de fées contemporain et même s'il est sombre, il est aussi intemporel et c'est pour ça qu'elle y reviendra sans cesse. Je suis d'accord. Elle m'enlève les mots de la bouche, sans se poser la question de savoir si j'aimerais parler en mon nom. Pour être honnête, elle a parlé de manière bien plus éloquente et cohérente que je n'aurais pu le faire.

Puis Sabrina nous explique les réactions viscérales que le livre a provoquées en elle. Les seaux de larmes qu'elle a versés face à ses tragédies, les baignoires qu'elle a remplies de larmes dans les moments touchants. J'approuve en hochant la tête, comme tous les autres. Mais je note que Rachel est à part. Je pleure comme une madeleine depuis la fin de ma relation avec Jamie. Une publicité sentimentale sur la relation d'une femme avec son yaourt peut me donner envie de pleurnicher. Mais ce livre était différent. Les larmes qu'il a provoquées n'ont pas été confinées dans l'intimité de chez moi, elles n'étaient pas du genre de celles que l'on peut retenir ou, comme dans le cas de cet émouvant film laitier, culminer en une larme unique qui coule le long de ma joue. Non. Ce livre, c'était autre chose. Pendant mes trajets en métro, je n'ai ressenti aucune honte à montrer mes émotions à des étrangers coincés avec moi dans la rame, mes larmes trempant leurs vestes et leurs écharpes, les tremblements de mon corps aggravant l'instabilité du métro en mouvement. Alors que j'étais en train de lire, assise dans le bus, un passage du roman m'a rendue si livide que je l'ai jeté contre le siège devant moi. Je l'ai balancé si fort qu'il a rebondi et a atterri violemment sur les genoux de la personne à côté de moi, à qui j'ai présenté mes excuses. Cela n'aurait pas été nécessaire si cette personne avait lu le livre, car elle aurait parfaitement compris ce que je traversais, et elle aurait probablement balancé le livre à son tour sur le sol en souvenir de ces sentiments. Bien sûr, ce n'est pas ce qui s'est passé, car cette personne ne l'avait pas lu. Donc, oui, je suis d'accord avec Sabrina, ce que je cherche à montrer en hochant la tête de manière plus vigoureuse et en essayant d'intervenir pour évoquer ma propre réaction émotionnelle. Il s'avère que Lucy, Mo, Shadae et Clare essaient tous de faire la même chose que moi. On finit par bredouiller et laisser toute la place à Sabrina pour continuer.

Elle demande : « Vous ne pensez pas que le personnage principal – je pense qu'on peut tous s'accorder sur le fait que c'est le personnage principal – est une figure à la Jésus ou au moins Job, ou un saint quelconque ? Il a même un nom de saint. Vous ne trouvez pas que le diable qui le frappe a quelque chose de biblique ? Difficile de penser que les autres personnages principaux – deux d'entre eux au moins – ont un aspect angélique dans leurs vertus non ? Avec tout ça à l'esprit, on doit accepter le fait que c'est une parabole moderne par bien des aspects, une parabole de la nature nourricière de l'amitié, la force de la famille, la façon dont l'amour peut nous aider à surmonter n'importe quoi. Non ? »

Le point de Sabrina est clos. Le point étant ici qu'elle est la lectrice la plus intelligente de notre *book club*. Un point qu'elle remporte toujours. Un silence s'installe, bientôt brisé par Rory, qui a aussi décerné au livre la note maximale et commence à parler. Il n'y avait pas pensé avant, mais maintenant que Sabrina l'a fait remarquer, il n'y a pas de marqueur temporel dans le livre, par exemple de référence au 11 septembre. Une parabole n'a pas besoin de contexte, car cela pourrait diluer son message et son universalisme.

Olli intervient et ajoute qu'il a aimé l'angle personnel, loin d'un contexte plus large. Cela rend le livre plus oppressant, d'une manière positive, et plus réaliste.

« À la fin, ce qui compte vraiment pour nous, c'est l'aspect personnel », dit Olli.

Même si Olli vient juste d'aller dans son sens, Rory s'énerve et affirme son désaccord avec lui. Il dit qu'il fait partie des gens, nombreux, pour qui la politique, ce qui se passe dans le monde et les événements à une échelle plus large sont importants. Même s'il a aimé le côté personnel du livre, Olli semble appartenir à une minorité de gens qui dans notre monde hyperconnecté ne se préoccupent pas de ce qui se passe en dehors d'eux.

Olli rétorque que cet excellent livre écrit par cette excellente autrice, que tous les membres du club ont adoré – il a visiblement fait abstraction du « 2 » pointé par Rachel – est la preuve de la certitude de Rory que tout le monde est comme lui ou devrait être comme lui, c'est-à-dire obsédé par les événements globaux qui n'ont rien à voir avec son existence directe. Et c'est bien pour cela qu'il ignore les choses qu'il estime être indignes de lui, comme par exemple faire la lessive ou les courses, et que ce n'est pas correct.

Si vous ne l'aviez pas compris, Rory et Ollie sont en couple. Ce sont tous les deux des membres éminents du club et j'ai l'impression qu'ils utilisent nos réunions pour extérioriser en public les frustrations qu'ils ressentent l'un envers l'autre. Ce qui me semble plutôt sain, vu qu'en dehors de cela, leur relation me paraît assez équilibrée et qu'ils se disputent rarement dans d'autres contextes. Même si je suis contente de voir que cette discussion aide à renforcer leur lien, aujourd'hui, leur prise de bec commence à me mettre mal à l'aise, comme si j'avais quelque chose qui me démangeait dans l'estomac et qu'il fallait que je me gratte pour ne pas exploser.

Je suis donc contente quand Lucy change de sujet. Elle est aux anges d'avoir lu un livre qui met au centre un personnage non binaire, parce que même si ce n'est jamais mentionné explicitement, on est bien tous d'accord que c'est le cas, non ? C'est du Lucy tout craché. Iel est non binaire, ce que j'accepte et respecte sans problème. Il y a deux membres trans et deux autres non binaires dans notre groupe, et je pense même que si j'avais dix ans de moins, je me présenterais moi-même comme non binaire. La définition me convient, et cela a toujours été le cas. Mais me revendiquer *non binaire* en public ou demander à des gens d'utiliser le pronom *iel* à mon sujet serait pour moi l'équivalent de porter des pantalons en cuir très serrés : je me sentirais comme un mouton déguisé en agneau. Tout le monde se fiche que Lucy soit non binaire. Son souci c'est que, non contente d'être non binaire, iel voudrait que tout le monde le soit également. Ça se comprend, tous les gens queers ont la même attitude. Quand on grandit entouré de récits où on n'a pas de place et où on ne se reconnaît pas, il est tentant de prendre des libertés et de voir de la *queerness* dès que possible. Cela ne devrait pas être un problème, juste une source d'amusement. Mais quand Lucy amène le sujet dans les discussions du *book club*, les choses ont tendance à s'envenimer. Quand iel a suggéré que Heathcliff était non binaire et que le groupe n'a pas paru convaincu, iel nous a crié dessus, nous reprochant d'effacer la masculinité des identités non binaires et de soutenir la binarité d'une manière qui aurait fait honte même à Kate Bush. Quand Lucy a pondéré son propos en disant que Barbara Covett était peut-être *genderfluid*, Mo, qui est aussi non binaire, a vu rouge, affirmant qu'en ramenant un sociopathe coupable de chantage dans le dossier enby, Lucy faisait la même chose que le *Daily Mail* lu par les bigots : ramener les divergences de genre à la déviance morale. Et quand Lucy a décidé que Jo March était *genderfluid*, ce qui nous a semblé bien plus divertissant que ses autres propositions, Sabrina nous a traités de misogynes hétéronormés car on n'était pas foutus de croire qu'une femme capable d'écrire et d'être indépendante, pleine d'assurance et intéressante puisse rester *une femme.*

Cette fois-ci, personne ne mord à l'hameçon de Lucy, et après quelques instants de silence gênant pendant lesquels tout le monde fait semblant de réfléchir intérieurement à ce qu'iel vient de dire, Ashley propose de passer à autre chose.

« Sabrina, je suis d'accord avec toi, c'était effectivement un texte proche du conte de fées ou un peu biblique », dit-elle. « Il montre combien l'amour et l'amitié peuvent être puissants. Au fond, c'était une histoire d'espoir mais aussi une tragédie. Une leçon à retenir, qui explique qu'il faut s'accrocher quoi qu'il arrive, car il y a toujours des gens qui nous aiment. Je comprends mieux maintenant pourquoi ma sœur a donné le nom du personnage principal à son bébé. Il est si fort et il doit affronter tant de choses. Si seulement il avait tenu le coup un peu plus longtemps, tout serait rentré dans l'ordre. » Tout le monde bruisse de son assentiment. C'est si merveilleux, en effet, qu'il ait pu surmonter tant de choses, se battre pour son bonheur et l'attendre. Mais c'est si triste, se lamentent les gens présents, qu'il n'ait pas été capable de s'accrocher un peu plus longtemps. C'est une leçon pour nous tous. Nous devons nous accrocher. C'est important et à la fin, ça en vaut la peine, disent-ils.

Jusqu'ici, j'ai été totalement d'accord avec ce qui s'est dit, même si certaines choses me sont un peu passées au-dessus. Ce 10/10, à qui le Booker Prize[1] a été volé, est un sacré triomphe. C'est la première fois que je m'attache autant aux personnages d'un roman. Je n'ai jamais été aussi reconnaissante envers une

1 Prix littéraire

autrice d'avoir créé autant de bonheur, et n'ai jamais été mise autant en colère par la souffrance qu'elle a décrite. Mais toute cette conversation me rend confuse, et pas de la manière intellectuelle et noble habituelle.

Enfin, le livre est génial, cette autrice est géniale, les personnages deviendront sans nul doute iconiques. Mais donner le nom d'un personnage aussi monumentalement misérable à son bébé ? Je ne dois pas être la seule dans la pièce à penser que c'est un peu jouer avec le destin, non ? Et de manière plus importante, comment peuvent-ils tous penser que cette écrivaine aguerrie ait voulu nous apprendre qu'on doit souffrir de manière stoïque quoi qu'il arrive ? Comment peuvent-ils croire que le message est la vie à n'importe quel prix ?

Au contraire, j'ai eu l'impression que le message était clair : parfois la vie est bien pire que l'alternative. J'ai une lecture des thèmes qui est la suivante : quelle est la valeur d'une vie ? Et de la vie de qui ? Est-ce que l'espoir est parfois pathologique ? Est-ce que le personnage principal s'est battu au bénéfice des autres ? Est-ce que c'est ça, qu'on doit faire ? Souffrir, supporter d'innombrables coups du sort et indignités, un climat de douleur mentale et physique quasi permanent pour le bien des autres ? Et de manière plus cruciale, est-ce que son combat a vraiment *aidé* qui que ce soit ? Ou au contraire, n'a-t-il pas rendu misérables les existences de ceux qui se sont associés à lui ? La mort de ce personnage aimé les a-t-il vraiment libérés ? Si ce choix – la mort – avait été fait plus tôt, après la tristesse brutale initialement ressentie, quel quotient de douleur aurait pu être évité ? Quelle part de joie cette seule mort aurait pu permettre de voir fleurir ?

Je n'ai pas besoin de dire tout ça à voix haute, car Rachel intervient, ce qui est toujours mon moment préféré du *book club*.

« Quel ramassis de conneries. »

« De quel aspect du livre parles-tu ? » s'enquiert le reste du groupe.

« Tout ça, là, le livre en entier et tout ce que vous venez de raconter, bande de rigolos. Si je ne l'avais pas lu pour ce club, je l'aurais probablement brûlé au moment où j'ai réalisé à quel point le personnage principal était fini à la pisse. C'est-à-dire quelques pages après le début. »

Rachel a le sens de la formule. Rory essaie de répondre mais c'est trop tard. Elle est partie.

« Les personnages étaient complètement invraisemblables, ce qui s'explique facilement quand on sait que l'autrice n'a fait aucune recherche sur les traumatismes liés aux sévices corporels ou sur le suicide. Comme si un mec comme ça pouvait garder un boulot aussi haut placé. Comme si des gens avec des personnalités aussi ridicules étaient capables d'avoir autant de succès. N'importe quoi. Et concernant le suicide – pourquoi il ne l'a pas fait plus tôt ? Ça aurait été beaucoup plus réaliste et aurait probablement épargné à tout le monde pas mal de souffrance, en particulier à moi qui n'aurais pas eu à lire ce ramassis de conneries et d'auto-apitoiement pathétique. Je voulais mettre zéro à ce livre, mais finalement je lui donne un point, car je n'ai vu ni coquilles ni erreurs de grammaire, et un autre point car le personnage a fini par faire le bon choix, se foutre en l'air, ce qui m'a apporté un peu de joie. Et une dernière chose : ta sœur devrait consulter, pour avoir donné à son bébé le nom d'un tel débile. »

Du Rachel tout craché. Elle vient seulement pour me tenir compagnie. Je l'ai traînée ici quand j'ai initialement rejoint ce groupe de lecture *queer-friendly* trouvé en ligne après avoir quitté celui que nous fréquentions avec Jamie. Même si cela fait un an, je suis toujours trop timide pour venir seule. J'aime l'avoir avec moi et c'est aussi un bon apport pour le groupe, étant donné que ses points de vue suscitent toujours des discussions enfiévrées pendant au moins une heure. Plus important encore, aujourd'hui elle m'a rassurée : je ne suis pas seule à penser ainsi.

Quand la soirée se termine, Rachel et moi marchons vers le métro ensemble. Elle me parle de ses dernières conquêtes. Elle a dû changer d'application de rencontres, car elle a épuisé la précédente. Je ramène la conversation au fameux roman.

« Tes commentaires étaient super, aujourd'hui », je dis. « Ça fait du bien d'entendre une voix dissonante pour pimenter un peu les échanges. »

« J'espère que je n'y suis pas allée trop fort », répond-elle. « J'ai juste trouvé que ce livre était bien trop long et ennuyeux. J'ai voulu réveiller un peu le débat. Par principe, je suis toujours en désaccord avec Sabrina. »

« Non, j'ai trouvé pertinent ce que tu as dit. Vraiment. »

« Et drôle, j'espère », dit Rachel quand on arrive à la station. « J'ai été un peu conne, j'ai eu une semaine étrange. Je ne pense pas ce que j'ai dit. Le suicide est vraiment une chose horrible et jamais la bonne solution, bla bla bla… Je n'étais pas vraiment contente que le personnage se tue, même s'il était bête et barbant. J'étais juste soulagée que le livre se termine. Je ne pense pas que ce soit le bon choix, ça ne l'est jamais et j'espère que personne dans notre groupe n'a eu d'expérience avec le suicide, parce que je me suis vraiment comportée comme une peste. Des fois, je ne peux pas m'en empêcher. C'est marrant d'être le monstre, tu vois ? »

« Oui, je vois », je dis alors qu'on se dit au revoir et se dirige vers des quais différents. Je suis seule, de nouveau. Et maintenant, moi aussi, je suis un monstre.

Trouvez-vous que je suis un monstre ?

# Une faim

Et puis, il y a eu Beth. J'ai seize ans quand je fais sa connaissance, en même temps que celle de Jo, sa petite amie. Elles ont dix-neuf ans, ce sont les personnes les plus cools et les premières lesbiennes revendiquées que j'ai jamais rencontrées. J'ai su immédiatement qu'elles formaient un couple, car je les ai vues arriver au magasin de chaussures où je travaillais à mi-temps en se tenant la main et en s'embrassant. J'ai passé un mois à travailler à leurs côtés avant d'oser parler à l'une ou l'autre. La deuxième semaine où je travaille avec elle, je me rends compte que Jo a un piercing dans le cartilage au-dessus du conduit auditif. Je regarde en ligne et apprends qu'on l'appelle le tragus. Je ne savais même pas que les tragi – pluriel de tragus – existaient, alors imaginer pouvoir le percer, c'était encore une autre histoire.

Une semaine plus tard, je supplie une camarade de classe de venir avec moi à Camden pour me faire percer à cet endroit, la traînant de boutique en boutique, avant de tomber sur un bijou semblable à celui de Jo. L'aiguille imposante qui me traverse le cartilage provoque une douleur non négligeable et, étant donné que mes oreilles sont plus proéminentes que la moyenne, le piercing ne me transforme pas de la même façon qu'il a pu le faire chez Jo. Mais je l'adore et ne cesse de le regarder dans le miroir.

Beth a des dreadlocks courtes de fille blanche qui lui donnent un look de musicienne, probablement dans un groupe de ska. Je m'imagine que la nature frisée et rêche de mes cheveux fait de moi une candidate parfaite pour cette coiffure. Mais j'ai été suffisamment déçue par le passé pour savoir que ce qui marche avec les cheveux de la plupart des gens ne fonctionne pas chez moi. Je m'abstiens de tenter le coup, au grand soulagement de mon futur moi, qui finira par apprendre ce qu'« appropriation culturelle » veut dire. J'opte pour l'achat d'un bandana, une version noire de celui, violet, que porte Beth quand elle quitte le travail. J'achète aussi un gâteau vegan, car je pressens qu'au moins une de mes collègues lesbiennes – oh mon Dieu, je n'arrive pas à croire que je travaille aux côtés de véritables lesbiennes – est vegan ou végétarienne.

Pourtant, même si j'ai un bout de métal dans l'oreille, de tissu sur la tête et de beurre d'amande dans l'estomac, je n'ai toujours pas l'intention de parler à Beth ou Jo. Les trois ans qui nous séparent forment presque un gap de génération. Elles sont adultes, des dures à cuire et moi, une écolière écervelée qui attend les résultats du bac. Avoir conscience que Beth et Jo existent, dans le même monde que moi, est suffisant pour me donner de l'espoir et m'inspirer. Je n'attends rien de plus. Après quatre mois à les côtoyer à la boutique, je finis par parler à Jo. En fait, c'est la première personne à qui je dis que je suis gay. C'est aussi la première chose que je lui dis, ce n'est pas prévu et ça me prend par surprise.

C'est la pause de midi, un samedi, et je reviens juste de l'épicerie où j'ai acheté un pain aux tomates séchées que je suis en train de dévorer, en entier, dans la salle de pause de la boutique de chaussures. Je ne suis pas une adolescente svelte de seize ans. Je reconnais que ce n'est pas un comportement normal et habituellement, je vais m'asseoir ailleurs dans le centre commercial pour manger en une fois cette quantité de pain, plus appropriée pour une semaine. Mais aujourd'hui, j'ai pris ma pause en retard, ce qui me rend encore plus vorace et personne n'est censé prendre sa pause en même temps que moi. J'en suis à la moitié du pain quand Jo entre furieuse dans la pièce.

« Un adolescent horrible vient de me traiter de sale gouine parce qu'on n'a pas les chaussures qu'il veut dans sa taille de puceau à micropénis », crie-t-elle. « Je ne peux pas croire que Gav, notre foutu patron inutile, a assisté à la scène sans réagir. Je suis censée sourire poliment et supporter ces conneries de facho. J'aurais dû frapper ce petit con arrogant dans sa petite barbe de merde et taper dans les couilles de ses putains de copains en train de rire. »

Jo n'est pas vraiment en train de me parler à moi. Elle balance ça dans la pièce, aux tasses sales dans l'évier, aux chaises abîmées, à la fenêtre minuscule qui ne laisse voir qu'un rectangle de briques rouges du bâtiment en face. Mais elle se tourne vers moi, attendant une réponse, écarlate et agressive, comme si c'était moi qu'elle voulait frapper.

« Je suis une sale gouine », je réponds sans réfléchir, la bouche encore pleine du pain gras aux tomates séchées.

Jo reste stoïque un moment, me scrute puis éclate de rire. « Moi aussi, je suis une sale gouine en fait, dit-elle, et je suis débile de m'être laissé marcher dessus par un gamin aussi bête. Peut-être que ce petit con ne faisait que remarquer ce qui est évident. » Elle fait une pause et me regarde dans les yeux. « Je m'appelle Jo au fait. T'es qui, toi ? T'es vraiment gouine ? »

Je lui dis qui je suis et que oui, je suis gouine, bien que cela soit pour l'instant plus en en théorie qu'en pratique. Jo oublie immédiatement sa colère, mais aussi le fait qu'elle devrait être au rez-de-chaussée en train de s'occuper des clients. Elle passe le restant de ma pause déjeuner avec moi, et quand l'heure est terminée, elle m'a totalement prise sous son aile, comme un mélange de petit animal de compagnie et de nouveau projet prometteur. Elle m'a convaincue de me joindre à Beth et elle pour aller le jeudi suivant dans un nouveau club gay qui s'appelle The Ghetto. Jo connaît le propriétaire et peut donc s'assurer que mon âge tendre ne sera pas un problème pour entrer. On échange nos numéros – je n'arrive pas à croire que j'ai le numéro d'une vraie lesbienne dans mon répertoire – et alors qu'on redescend à l'étage du magasin, Jo me complimente sur mon piercing. Je la remercie, lui dis que c'est vraiment pas grand-chose, d'ailleurs ça fait des années que je l'ai.

Je refuse de faire les heures supplémentaires que mon patron me propose le jeudi soir parce que j'ai une grosse soirée gay en prévision. J'ai d'ailleurs du mal à trouver le sommeil le mercredi soir tant je suis excitée par cette perspective. Je passe toute la journée de jeudi à faire des essayages et à regarder la pendule. J'envisage d'envoyer un SMS à Jo pour lui demander le *dresscode* du lieu, mais je décide que ça ne va pas avoir l'air très cool, et surtout un peu désespéré. Je décide donc de m'habiller de la manière la plus proche de Jo et Beth possible : jeans baggy, chaussures de skate, un top moulant, un collier ras du cou avec une croix. J'ai peur d'avoir l'air trop *casual,* mais quand je vois Beth arriver, je réalise que mon top est un peu trop habillé. Je me rends compte aussi que je n'ai jamais adressé la parole à Beth. Je m'étais imaginé qu'elles allaient arriver ensemble, comme toujours. Mais non, Beth avance seule vers moi et je suis soudain dix fois plus nerveuse que la personne déjà extrêmement nerveuse que j'étais quelques instants plus tôt. Je bafouille un « Où est Jo ? » sans lui dire bonjour, avant de réaliser presque immédiatement à quel point je suis malpolie et de m'excuser. Cela aurait pu être une entrée en matière désastreuse, mais Beth est un océan de tranquillité, une influence apaisante, aussi calme et réfléchie que Jo est impertinente et bruyante. Elle me met rapidement à l'aise.

« Jo est déjà en ville », dit-elle. « Elle nous retrouvera dans un bar près du club. »

J'entame alors une longue nuit magique d'ivresse dans ce club que je fréquenterai de manière régulière durant toutes mes années à l'université puis pendant ma thèse, jusqu'à ce qu'il coupe la musique et vire les poivrots pour de bon. J'avale d'innombrables verres lumineux remplis de vodka bon marché allongée au jus de *cranberry*, et danse toute la nuit, collée aux autres hédonistes bourrés et dopés au sucre, entassés dans le sous-sol transpirant du club. Je n'ai jamais été aussi heureuse et ne me suis jamais sentie autant à ma place que dans ce club sale rempli de gens comme moi. Je tombe instantanément amoureuse de la fille qui encaisse mon entrée, de celle qui prend mon manteau et mon sac, de celles qui s'assurent que mon verre en plastique est toujours plein, de celles qui touchent le plafond du bout de leurs doigts en dansant, de celles qui font une file interminable pour aller dans des toilettes horribles, des filles qui refusent de faire la queue et vont courageusement dans les toilettes pour hommes. Ces filles, ces filles, ces filles.

Encouragée par Beth et Jo, j'échange mon premier baiser lesbien avec une femme allemande beaucoup plus âgée que moi, qui ne pourrait pas être plus éloignée de mon type, sauf si elle avait une barbe et un pénis. Je me demande alors si le fait que ce baiser ne me plaise pas veut dire que je ne suis finalement pas lesbienne. Mais ce n'est pas le cas. Dans le trajet retour dans le bus, et pendant de nombreux trajets similaires par la suite, alors que nous mangeons nos parts de pizza bon marché et sans goût, je découvre qui sont Beth et Jo. Mes sauveuses, mes mentores, mes amies.

Voici ce que j'apprends.

Beth et Jo se sont rencontrées en première année à la fac. Jo étudie l'économie et Beth la psychologie. Elles ont chacune choisi leur matière car elles veulent mieux comprendre les autres. Cela semble évident dans le cas de la psychologie, mais je n'ai jamais envisagé l'économie de ce point de vue. Réflexion faite, je ne vois pas de domaine d'étude qui ne soit pas lié au désir de mieux connaître les gens. Elles adorent toutes les deux la musique, bien plus que moi, et connaissent tout un tas de groupes cools et obscurs, qu'elles ont en plus vus en concert, plutôt que de se contenter de crier les paroles en écoutant le disque dans leur chambre. Beth me fait découvrir la musique folk, Jo le mouvement Riot grrrl. Je leur en serai éternellement reconnaissante. Elles ont des tatouages tribaux assortis sur leurs chevilles, et je trouve que c'est la chose la plus romantique du monde. Elles prévoient de partir en voyage pendant six mois après avoir obtenu leur diplôme, puis elles le font et me manquent terriblement pendant cette période. Elles veulent voir des endroits plus simples avant de rejoindre la compétition. Celles qu'elles rejoignent, qu'elles ont toujours voulu rejoindre, ce sont les relations publiques pour Beth et un think tank de gauche pour Jo. Beth est calme et réfléchie. Jo est aussi explosive que lors de notre première interaction, sauf quand elle parle avec Beth. Elle se transforme alors en la personne la plus patiente et gentille que j'ai jamais vue. Elles sont toutes les deux extrêmement sympas avec Freya. Le fait de présenter ma petite sœur à quelqu'un est une preuve ultime de confiance et de respect, pour moi. Elles m'accompagnent au parc et au cinéma pour voir des films pour enfants avec elle. Freya trouve que Beth et Jo sont les personnes les plus « géniales » du monde et elle aimerait que sa grande sœur leur ressemble davantage. Je le comprends et je n'en suis pas vexée.

La nourriture est une chose très importante pour elles. Elles en parlent beaucoup. Jo est une grosse mangeuse de viande, mais j'avais visé juste quant au véganisme avec Beth, et les cinq années que je passe à adopter ce régime pour l'impressionner m'aident à gérer mes problèmes de poids. Énormément. Je commence à comprendre pourquoi Beth est si mince. Plus je la connais, plus je comprends pourquoi elle est *toujours* si mince. Elle a eu pendant longtemps une relation obsessionnelle et destructrice avec la nourriture. Parfois, quand on est suffisamment ivres, elle parle de ses phases de boulimie et de ses problèmes avec la nourriture à l'époque de l'école. C'est ici que vous vous rappelez que je suis une jeune femme engouffrant avec joie un pain gigantesque en une seule fois. Donc évidemment au premier abord, je ne peux que la comprendre. Jusqu'à ce qu'elle me décrive plus précisément la quantité de nourriture qu'elle avalait secrètement avant de chercher un moyen de la faire sortir de son corps, sur un rythme quotidien, et que je réalise que je ne suis plus capable de la comprendre. Désormais, elle se bat contre ces tentations en étant extrêmement précautionneuse avec la nourriture et elle m'explique qu'elle apprécie la vie comme si elle avait une seconde chance, essayant de contrôler quelque chose qui la contrôle elle-même. Je me sens incluse quand Beth évoque son passé trouble avec la nourriture, comme si elle s'ouvrait véritablement à moi. Mais je me rends compte que, chaque fois que le sujet arrive sur le tapis, Jo se sent extrêmement mal à l'aise. L'amour qu'elle ressent pour Beth est puissant et j'imagine que c'est difficile pour elle de l'entendre parler de la douleur ressentie par le passé, en particulier quand elle ne pouvait encore être là pour l'aider. Je suspecte aussi que Jo défend ce territoire intime et ne souhaite pas que quelqu'un d'autre y pénètre. Je ne veux pas troubler notre chouette trio avec un climat de jalousie un peu moche, donc j'essaie de me tenir à distance du sujet et d'offrir des réponses succinctes quand il refait surface.

Mais bien sûr, je me suis encore trompée. Une situation récurrente pour moi quand il s'agit de comprendre les gens.

Notre histoire reprend maintenant là où elle s'est arrêtée. Avec le suicide d'Adam. Après sa mort et la mise au jour d'une partie de lui aux antipodes du garçon sympa que je pensais connaître, je commence à sortir de plus en plus. D'une manière presque pathologique. Il y a toujours moyen de se joindre à quelque chose, toujours quelqu'un qui fait une fête chez lui, ou qui se rend à une soirée étudiante. C'est très facile de rester occupée et ivre en permanence. Je vais très mal, mais les autres gens pensent juste que j'ai enfin fini par me lâcher et devenir amusante. J'ai arrêté de voir Beth et Jo aussi souvent qu'avant parce qu'à cette époque, elles ont trouvé des boulots qui comptent pour elles et ne peuvent pas, ou ne veulent pas, m'accompagner dans mes beuveries étudiantes. Pourtant, un jour, je reçois un message de Jo qui me demande si elle peut se joindre à moi pour ma prochaine sortie nocturne. Je suis aux anges, tant elles m'ont manqué, mais quand Jo arrive seule, je comprends qu'il n'y avait pas d'ambiguïté dans son SMS. Elle est bien seule. Cela me va, bien sûr, sauf que je n'arrive pas à me rappeler la dernière fois où je les ai vues l'une sans l'autre. Je ne le mentionne pas à Jo pour ne pas créer de malaise. Je suis simplement contente de bavarder avec elle tout en descendant des verres, ce que j'ai beaucoup fait ces derniers mois. Mais je me rends compte que Jo aussi boit beaucoup. De la même manière que moi, avec désespoir, détermination et non simplement pour s'amuser. Je suis rapidement assez ivre pour lui demander ce qu'il se passe, et si elle commence par esquiver ma question avec des excuses et des blagues, elle finit par avoir suffisamment bu pour me dire la vérité.

« Tu veux vraiment savoir ce qui ne va pas ? » demande Jo, méfiante, une expression grave sur le visage. J'acquiesce.

Elle fixe la table comme si c'était à elle qu'elle parlait plutôt qu'à moi. « C'est Beth le problème. C'est pour ça qu'elle n'est pas là ce soir. »

Je ne comprends pas mais je reste figée et silencieuse. Je ne suis pas habituée à voir Jo se confier de manière aussi solennelle et j'ai peur qu'un mouvement brusque de ma part la pousse à se fermer de nouveau. Elle finit par reprendre la parole, les yeux toujours baissés, lentement. « Beth n'est pas là car elle n'y est pas autorisée... Elle n'a pas le droit de bouger actuellement... Elle doit rester à l'hôpital... C'est le seul endroit où elle est en sécurité... » Quand elle lève les yeux vers moi, je vois les larmes que j'avais entendues dans sa voix. Et puis tout sort rapidement. « Elle y est depuis quelques semaines maintenant. C'est là qu'elle vit en ce moment. Elle a été internée contre sa volonté. À cause de moi. Tu imagines bien que je ne voulais pas faire ça, Jess, mais elle s'obstinait à ne rien manger, même si je la suppliais, même si ses parents la suppliaient. Et elle continuait de se lever tôt le matin et d'aller courir, faire des putains de longues courses, de courir vraiment, vraiment longtemps, même si ses parents et moi, on ne cessait de lui dire d'arrêter. Elle est devenue maigre Jesse, *si maigre*. Les médecins ont fini par dire qu'elle pouvait mourir à tout instant, à n'importe quel putain de moment. Juste mourir, comme ça. » Jo fait claquer ses doigts et me regarde, ses yeux remplis de désespoir.

Je n'arrive pas à comprendre. Beth a toujours été vraiment mince, vraiment maigre. Elle ne peut pas devenir *si maigre* soudainement. À quoi ça ressemble, cette maigreur, d'ailleurs ? Jo me montre une photo un peu floue d'elles deux à l'hôpital la veille quand elle est allée lui rendre visite. C'est vraiment difficile à regarder. On ne voit que leurs visages, mais je peux apercevoir les os et muscles de Beth à travers sa peau d'une manière inhabituelle chez un être humain. Elle a l'air malade, aux portes de la mort, ou même après ce seuil, assise sur le canapé de la mort, comme un cadavre en train de sourire. Et ça, c'est après un mois de prise en charge quotidienne à l'hôpital.

Il s'avère que le comportement bizarre de Jo à propos des problèmes alimentaires de Beth n'avait rien à voir avec la jalousie. Elle connaissait bien sa relation trouble avec la nourriture et ses soucis passés car, pendant cinq ans, ils avaient empoisonné dans des proportions gigantesques leur relation amoureuse. L'anorexie est une maladie secrète, qui s'est développée avec les récits de Beth autour de sa lutte avec les démons passés. Et Jo a dû devenir la complice de ces secrets et se mordre la langue chaque fois que le sujet de l'alimentation apparaissait dans la conversation. Elle a dû regarder Beth être consumée par la maladie, alors qu'elle-même ne voulait plus rien consommer. Mais si Jo partageait ses inquiétudes avec Beth, elle la repoussait et se réfugiait parfois dans une colère noire. Je peux difficilement imaginer mon amie se mettre dans cet état, mais à voir la tristesse, l'épuisement et la défaite dans les yeux de Jo, je sais qu'il n'y a aucun doute. En me confiant tout cela, elle m'explique qu'elle est soulagée de pouvoir enfin en parler à quelqu'un et que le paroxysme de cette crise fait qu'elle n'aura plus à garder tout cela pour elle.

Je découvre que le contrôle de Beth sur la nourriture mettait très mal à l'aise Jo dès le début, mais qu'elle a fini par le considérer comme normal. Tellement normal qu'elle est incapable de dire quand exactement il s'est étendu à elle-même et à tous les aspects de leur vie commune. L'alimentation et les repas de Jo ont commencé à être réglés de manière aussi stricte que ceux de Beth, mais de manière moins prévisible. Jo devait préparer la nourriture en suivant précisément les indications de Beth sans quoi elle déclenchait sa colère. Si Jo aimait Beth, elle devait manger plus et plus mal qu'elle afin de lui éviter de se sentir comme une truie gloutonne et dégoûtante. Mais par amour, elle devait aussi ne pas trop manger devant elle, et surtout pas de *junk food* pour qu'elle ne se sente pas jalouse ou bizarre. Et Jo devait parler de nourriture avec Beth chaque fois qu'elle en avait envie, c'est-à-dire à une fréquence presque morbide. Je me souviens d'un incident survenu dans leur appartement lorsque nous avions évoqué un voyage ensemble à Bristol, qui n'eut jamais lieu. Beth avait découvert un restaurant vegan dans la zone que nous devions visiter pendant cet hypothétique séjour. J'étais excitée à l'idée d'aller dans un restaurant où je pourrais littéralement commander tout ce qui se trouvait sur le menu, une chose rare pour quelqu'un de vegan, en particulier à cette époque. Mais je n'étais certainement pas aussi excitée que Beth. Elle nous a lu le menu à voix haute, de la première à la dernière ligne. Je me souviens à quel point c'était surréaliste, mais j'avais fait comme si de rien n'était, comme si réciter un menu était quelque chose d'habituel. Quand je remémore cet épisode à Jo, l'insistance de Beth à nous lire ce menu en entier, elle ne s'en souvient pas mais, prise d'un rire rauque, admet que c'est une situation tout à fait plausible.

« Pendant deux mois, avant que je la fasse admettre à l'hôpital, on allait voir le docteur ensemble deux fois par semaine pour qu'il la pèse et lui fasse des tests sanguins », dit-elle. Imaginer la silhouette squelettique de Beth donner son sang si précieux de manière régulière me fait tourner la tête. Elle ne peut se passer d'aucune énergie vitale. « J'étais contente qu'un médecin soit dans le coup, tu sais, je me disais *maintenant que les experts sont là, ils vont résoudre son problème et elle ira mieux* », continue Jo. « Mais rien n'a changé, et elle allait de plus en plus mal. Chaque fois qu'on allait voir le docteur, elle promettait qu'elle allait faire des efforts et manger plus, mais elle ne cessait de perdre du poids, encore et encore. Putain, elle était en train de disparaître, Jess ! » En disant cela, Jo commence à sangloter. C'est naturel, bien sûr, mais ça me choque de la voir dans cet état. Je suis habituée à voir mon ami plaisanter, être bruyante, résoudre les problèmes. Mais certainement pas être aussi vulnérable et désemparée. Je ne l'ai jamais vue verser une seule larme, alors craquer ainsi… Pour être honnête, je l'ai toujours imaginée être un œuf, durci par une vie que j'imaginais loin d'être remplie de soleil et de bonbons. C'est difficile de la voir dans cet état et je ne sais pas comment réagir. Je rapproche doucement ma chaise de la sienne et pose mon bras autour de ses épaules, une partie de moi s'attend à ce qu'elle me repousse, mais au lieu de cela, elle s'appuie sur moi. Nous restons un moment dans cette position alors qu'elle crache ses peurs, la tête sur ma poitrine. Elle a tellement peur. Peur que Beth ne se remette jamais. Peur qu'elle meure. Peur que ce soit sa faute car elle n'aura pas été capable de la guérir, qu'elle ne suffise pas à lui donner envie de vivre, que leur amour ne soit pas assez. Peur que Beth ne lui pardonne jamais de l'avoir enfermée comme un animal.

« Il est horrible, cet endroit », dit Jo, décrivant ce qu'elle voit lors de ses fréquentes visites. « Les patients délirent, divaguent, balancent leur nourriture, comme des gens fous. Elle n'a rien à faire là-bas, elle ne devrait pas être enfermée avec ces cinglés. » Je pense, mais garde pour moi, que Beth est aussi malade que ces gens. Si elle est obligée d'être internée là-bas car incapable de manger ne serait-ce qu'une bouchée, alors elle a autant besoin d'aide que ces patients. Ça me fait peur que Jo ne s'en rende pas compte, mais je fais de mon mieux et j'essaie d'être là pour elle, ce soir-là puis les jours et les nuits suivants.

Beth ne meurt pas à l'hôpital. Pas cette première fois en tout cas. Elle prend lentement du poids jusqu'à être autorisée à passer les week-ends chez elle, puis à rentrer de manière définitive. Je pense naïvement que le traitement fonctionne et que cela marque le début d'une nouvelle vie pour mes deux amies. Et pendant quelques semaines, c'est le cas. Mais le cycle redémarre. On se voit de moins en moins, jusqu'à ce que je finisse par apprendre que Beth a de nouveau été hospitalisée.

Voici ce qui se passe. Voici le motif.

La quatrième hospitalisation de Beth a lieu pendant mes examens finaux à l'université. Je prends un moment sur la période de révision pour aller la voir avec Jo. Le temps est magnifique et le pollen irrite mes yeux alors qu'on s'assoit dans l'herbe du jardin de l'hôpital. Beth a pris un peu de poids, ce qui fait que je ne trouve pas si difficile de la regarder dans les yeux, même si je n'ose pas m'arrêter très longtemps sur ses bras ou ses jambes. Elle me demande comment vont mes histoires de cœur, mes livres, mes examens, et ce que je compte faire l'an prochain. Avec nos lunettes de soleil, discutant ainsi d'une manière normale, dans un jardin normal, on pourrait presque passer pour trois amies normales. C'est agréable. Autant que ça peut l'être. Puis Jo doit répondre à un appel pour le travail. Elle dit qu'elle en a pour deux secondes, mais Beth et moi savons que cela va être long.

Voilà comment l'atmosphère change. Le soleil brille toujours, mais le départ de Jo fait office d'éclipse. Beth est allongée dans l'herbe, qui n'a pas été tondue depuis trop longtemps. Elle est si maigre que son corps paraît à moitié avalé par la terre. L'illusion est tellement réelle que je dois me retenir de l'attraper pour la relever et l'arracher au sol.

Elle tourne la tête vers moi et me murmure quelque chose si faiblement qu'elle est à peine audible. « Promets-moi que tu aideras Jo à trouver quelqu'un de bien quand je serai partie. »

Je suis sûre d'avoir mal entendu. J'essaie de faire comme si c'était le cas, mais elle répète son vœu.

« Jo n'a jamais regardé qui que ce soit d'autre ou touché quelqu'un depuis que vous êtes ensemble » est ma tentative timide de la rassurer. « Le fait que tu sois ici ne va rien changer. Jo est la personne la plus loyale que je connaisse. Et si elle était tentée de faire quelque chose de stupide devant moi, je la frapperais, elle et sa *quelque chose de stupide*, ne t'en fais pas. »

Beth sourit faiblement. Elle fait tout difficilement à présent. Elle me dit qu'elle n'est pas encore vaincue, mais que cela viendra. Elle me dit que Jo est tout pour elle et que c'est pour ça qu'elle ne se tue pas, qu'elle ne veut pas ruiner sa vie, ce qu'elle fait pourtant depuis qu'elles sont ensemble. Elle me dit que Jo sera d'abord dévastée, mais elle finira par retrouver une forme de bonheur, qu'elle n'aurait jamais en restant avec elle. Elle me dit que Jo aura une vie et des plaisirs normaux. Elle veut s'assurer de cela : que j'aide Jo à traverser les moments difficiles pour lui permettre de retrouver une vie heureuse.

J'essaie de lui faire arrêter de dire des bêtises et garder le moral. Elle est une survivante et va vaincre sa maladie et nous serons à ses côtés, à chaque étape. Je lui dis que Jo est heureuse avec elle et qu'elle ne le sera avec personne d'autre. Mais je n'y arrive pas. Mes yeux se remplissent de larmes et je lui donne mon accord. Je ferai ce qu'elle m'a demandé.

Une année et deux hospitalisations plus tard, Beth me fait tenir ma promesse. Le lendemain de sa dernière admission, son cœur finit par lâcher. Les médecins soupçonnent qu'elle était en train de faire des *jumping jacks* dans sa chambre. Putain de *jumping jacks.* Le cœur de Jo aussi lâche. Mais elle doit continuer de marcher avec.

Beth a laissé des instructions strictes à Jo concernant ses funérailles. Elle savait que ce jour allait arriver et elle voulait que les choses soient bien faites. Jo doit être ferme avec les parents de Beth à propos de ces arrangements. Et cela en vaut la peine. En m'asseyant au premier rang de l'église, la main de Jo serrée dans la mienne, je me retrouve face à une cérémonie chorégraphiée comme le mariage qu'elles n'auront jamais. C'est tellement magnifique, poignant, apaisant. Tellement Beth. C'est vraiment dommage qu'elle ne soit pas là pour voir son plan mis à exécution. Mais elle est là bien sûr. Je ne veux pas dire de conneries du genre « elle nous regarde d'en haut ». Je veux dire, littéralement là. Son corps. Ce qu'il en reste. Dans un cercueil. Un magnifique cercueil. Je n'avais aucune idée qu'on puisse en faire de si beaux. Il est fabriqué en paille ou en matériau végétal. Léger, beau et féminin. Avec un cœur jaune et des fleurs posées dessus. On dirait un panier pour Pâques.

Je suis soulagée d'avoir refusé de prendre la parole, car mes larmes coulent abondamment pendant toute la durée du service. Je reste là, mais je tombe dans un trou. Je le sens. D'abord Adam et maintenant ça. J'ai peur de me perdre dans toutes ces larmes. Je ne veux pas hyperventiler et gâcher la cérémonie. J'essaie de fixer mon attention sur quelque chose pour me calmer et me recentrer. J'essaie de réciter les cantiques dont les numéros sont affichés sur le tableau au mur. J'essaie de rentrer mes ongles dans mes paumes et de me focaliser sur la douleur. J'essaie de dessiner les motifs des vitraux avec mes yeux. Mais rien ne marche. Jusqu'à ce que je remarque quelque chose sur le dossier du banc devant moi. C'est difficile de distinguer de quoi il s'agit, mais quand on nous demande de nous asseoir, je peux voir que c'est une abeille séchée. Une petite ouvrière. Son corps est là depuis si longtemps qu'il est ratatiné et coupé en trois parties. Je l'inspecte minutieusement. Je suis absorbée et peu à peu mes larmes cessent. Je nomme en silence les différentes parties de l'insecte que je peux voir. La tête, qui comprend les mandibules et l'œil à facettes. Le thorax avec les ailes détachées, avant et arrière. Les pattes, avant et arrière. L'abdomen, les stigmates, le dard. Le dard.

Le dard.

Le dard.

Je me demande comment elle est arrivée là, à cette destination finale, dans ce lieu de culte. Peut-être que c'est une histoire de courage, d'altruisme, de sacrifice, de donner sa vie pour sauver l'essaim et la reine, comme je l'ai étudié à l'université. Mais en définitive, c'est juste un corps. Un corps qui devient poussière. Pas très différent de celui de mon amie qui repose un peu plus loin. Nous pensons que nous sommes spéciaux, mais nous ne le sommes pas. Nous sommes des animaux et puis nous devenons poussière.

Et c'est là que le déclic se fait, je crois.

Je le vois clairement.

Je vais rester forte en tenant la promesse que j'ai faite à Beth. Ensemble, Beth et moi allons nous assurer que Jo, sa reine, ait une vie heureuse. Beth en la quittant. Moi en restant à ses côtés. Et ce déclic amène quelque chose d'autre. Je décide de rester forte et d'en apprendre davantage sur la mort et le suicide. Le suicide des animaux est le suicide qui est en nous. La semaine suivant les funérailles, je renonce à mon doctorat sur la génétique de l'asthme et candidate pour un autre, qui a pour sujet le suicide altruiste chez les insectes et les arachnides.

Mon pacte avec Beth fonctionne. Après des années de deuil, Jo finit par se marier avec une femme qu'elle rencontre dans un horrible club gay dans lequel je l'ai traînée. Je suis sa demoiselle d'honneur. Elles ont deux enfants. Elles sont des mères formidables. Leurs enfants ont un foyer heureux et stable. Beth manque à Jo. On se souvient d'elle ensemble.

Mais Jo est heureuse.

# *Un jour noir*

*J'ai cinq choix de tenues. Toutes neuves. Je vais juste en choisir une. Me changer au milieu de la cérémonie serait malvenu. Je rapporterai le reste.*

*Je les essaie toutes, les unes après les autres, face au miroir de ma chambre. Je marche en portant chacune d'elles et je me regarde dans le miroir de la chambre restante, la sienne, où la lumière est différente. Plus naturelle. Moins flatteuse. C'est probablement important d'essayer de voir les choses telles qu'elles sont vraiment. Même si dans cette version réelle, je suis horrible.*

*La première tenue est dotée de dentelle. Inappropriée pour moi, en ce jour. La seconde est trop serrée. J'ai perdu pas mal de poids ces derniers temps, mais d'une mauvaise façon et aux mauvais endroits et elle me fait paraître à la fois trop grosse et trop mince. Un sacré exploit, vraiment. Ça me donne presque envie de la choisir. La troisième donne l'impression que je suis en route pour un entretien d'embauche à un job que je ne voudrais jamais faire. La quatrième est une robe. Une marque obscure. Pourquoi ai-je acheté une robe ? La cinquième est OK. Marrante même. Mais je ne veux pas que les gens pensent que je m'amuse.*

*Je ne suis pas sûre d'en être capable. Je sais que je ne pourrai pas le faire dans une de ces tenues. Je ne veux pas qu'on me regarde, portant une de ces tenues. Je cherche dans ma garde-robe celle que je portais pour le dernier enterrement. Elle me va toujours. Elle est adaptée à la situation.*

*Peut-être que j'en serai capable, avec celle-ci.*

## Un échec

Les succès d'Adam et Beth dans leurs entreprises suicidaires ont eu une influence significative sur ma vie et mon travail. Mais c'est avant tout mon expérience précoce d'un suicide raté qui m'a le plus marquée, qui a induit ces sentiments que je garde pour moi, celui en particulier lié à l'idée que le suicide est parfois la chose naturelle à faire pour épargner ceux que l'on aime. La bonne chose à faire. Mon père, cet échec dans tous les sens du terme, est ma plus grande inspiration.

Maintenant, je ne sais pas le genre d'histoire que j'écris ici, ni même s'il s'agit vraiment d'une histoire à proprement parler. Peut-être que c'est clair pour vous ? Si je ne suis pas sûre de ce que je révèle, mets sur le papier, décharge, ce dans quoi je m'engage, je peux par contre vous dire de quoi il ne s'agit pas. Ce n'est pas un porno d'auto-apitoiement: « Pauvre de moi, j'ai subi des abus. » Ce n'est pas l'endroit où je décris minute par minute les années de cruauté qui ont fait de moi le monstre que je suis aujourd'hui. Je ne vous offrirai pas de peinture ultraréaliste de ma souffrance pour vous permettre de vous conforter dans le bonheur d'avoir eu une vie heureuse. Et je ne vous balancerai pas non plus une grenade dégoupillée pour faire remonter à la surface vos propres traumatismes si vous n'avez pas eu de chance en grandissant. Je ne le donnerai ni à vous, ni à lui, ni à personne. Mais il faut quand même que je revienne sur certains événements pour que vous compreniez.

Je vais essayer.

Je vais commencer par vous dire que non, je n'ai pas été agressée sexuellement par mon père. Même pas une fois. Donc sortez-vous ça de la tête. Et autant que je le sache, il n'a pas non plus touché mon frère ou ma sœur. Je ne le leur ai jamais demandé, et ils ont toujours été beaucoup plus attirants que moi, donc cela reste une possibilité. J'imagine que c'est le genre de chose qui peut passer par la tête de tout un chacun, mais je suis au moins reconnaissante d'une chose : mon père ne m'a pas agressée. J'essaie toujours de me rappeler que beaucoup de gens ont vécu bien pire que moi avec leurs parents.

En revanche, il a visiblement baisé ma mère, au moins à quelques occasions et, j'ose espérer, toujours avec son consentement. Mais il n'a pas toujours été sympa avec elle. Un jour, il lui a cassé la mâchoire. Un autre, plusieurs côtes. Je l'ai vu traîner ma mère sur le sol en la tenant par les cheveux. Ou, à une autre occasion, déchirer sa robe et l'étrangler dans la cuisine. Son cou était couvert de bleus et de griffures qui ont mis des semaines à guérir. Il a déjà balancé mon frère dans l'escalier. Il s'est arrêté à mi-parcours, donc ça a l'air pire qu'en réalité. Il a tout de même eu un bras fracturé. Mon père m'a déjà frappée au visage. J'en suis sortie avec deux yeux pochés, mais mon nez n'a pas été cassé. Heureusement pour moi, car mon nez déjà surdimensionné n'avait pas besoin de ça. Pour être juste avec mon père, qui est un gars vraiment costaud, il ne m'a pas frappée aussi fort qu'il aurait pu. À une autre occasion, il m'a balancée dans la rue. Je me suis fracturé le poignet en tombant sur le goudron. Et j'ai dû boiter jusqu'à l'appartement d'un ami pour y passer la nuit. Plutôt gênant. Il m'a même enfoncé l'ouverture métallique d'une boîte de sardines dans le pouce, le genre d'élément vraiment tranchant, et la coupure a pué le poisson tout le temps que j'ai attendu aux urgences pour qu'on me fasse des points. Une histoire plutôt drôle, j'imagine. Enfin, il fallait être là pour en rire, c'est sûr.

Mais ces flashs de violence physique réelle, d'une personne à une autre, étaient plutôt rares. Je peux probablement les compter sur les doigts de mes deux mains. Enfin peut-être quatre ou cinq mains. Mais plutôt rares quand même. Rares en comparaison des insultes. De la rage. Des menaces. De la haine bouillonnante. De la peur ressentie de manière quasiment constante durant toute mon enfance.

Mon père travaillait par roulement. Il n'avait donc pas d'horaires réguliers. Ce qui veut dire que la peur non plus n'avait pas de planning fixe. Il était impossible de l'oublier la nuit venue. C'est d'ailleurs souvent à ce moment-là qu'elle était la plus grande, quand les insultes fusaient. Si vous n'en avez jamais fait l'expérience, je peux vous dire que lorsque vous essayez de vivre votre petite vie, peut-être de préparer vos examens ou de vous reposer avant un rendez-vous ou de vous remettre d'une soirée passée dehors, il est vraiment très peu agréable de voir sa porte arrachée de ses gonds à trois heures du matin. C'est épuisant qu'on vous arrache vos draps et couvertures sans prévenir au milieu de la nuit. Et c'est assez pénible de sentir le crachat de votre père qui s'est penché au niveau de votre visage pour vous crier des insultes et des choses horribles pour une énième fois ce soir-là. Il est aussi difficile de récupérer quand vous devez écouter la rage exploser dans la chambre de votre mère à côté de la vôtre, en restant toujours à l'écoute du moindre indice vous indiquant qu'il faut appeler la police. Encore une fois.

Mon cher père n'était pas un vampire. Ses accès de rage étaient aussi fréquents le jour que la nuit. Ce que fait la colère la nuit au sommeil est ce qu'elle fait le jour à l'estime de soi. Vous voyez, la rage diurne est plus difficile à contenir et intervient donc souvent sous le regard des autres. Pas facile de garder la tête haute quand votre père fracasse votre guitare, tout en vous traitant de pathétique bonne à rien, au simple prétexte que vous avez eu l'outrecuidance de demander à vos amis de vous attendre devant la maison avant de rentrer vous changer pour sortir avec eux. L'option la plus préférable étant bien sûr de ne jamais inviter personne à la maison, voire de ne simplement pas avoir d'amis. Pas facile non plus d'être cool à l'école quand votre père a fait un scandale pendant la représentation de votre pièce, en traînant votre mère dehors. Je voudrais dire ici que ma diction n'a jamais vacillé – j'étais toujours la narratrice, pas la star. Il est quasiment impossible de surmonter la honte ressentie face à votre père pétant les plombs au supermarché, fracassant des bocaux en verre et proférant des menaces, tout en vous traitant de salope stupide qui n'arrivera jamais à rien.

C'était ça, mon monde. Un monde dans lequel il est difficile de dormir et encore plus compliqué de garder un peu d'estime de soi. Vivre ainsi était la norme pour moi, mais je savais que ce n'était pas le cas pour les autres. J'ai pris le temps de regarder autour de moi et de constater à quoi ressemblait la vie des autres. Je ne parle pas seulement de la rage et la violence. J'ai su très vite que ce n'était pas normal. Je parle de choses plus subtiles. Cela m'a pris du temps mais, peu à peu, a fini par s'infiltrer. Un de mes moments d'épiphanie a eu lieu quand j'avais douze ans et qu'une de mes camarades de classe, Hannah, m'a proposé qu'on passe du temps ensemble le week-end suivant. J'ai dû dire : « Avec plaisir, ça va être chouette. » Et puis le fameux week-end approchant, elle en a reparlé comme si ça allait vraiment avoir lieu.

« Oh, tu étais sérieuse ? » je lui ai demandé. « Tu veux vraiment qu'on passe du temps ensemble ? »

Elle était un peu agacée. Bien sûr qu'elle avait été sérieuse et qu'elle voulait traîner avec moi, sinon elle ne l'aurait pas proposé. Et donc, nous nous sommes retrouvées le week-end suivant.

Je me rends bien compte que c'est un non-événement. Il n'y aura pas d'enchères pour savoir qui aura les droits pour faire un film de cette histoire palpitante. Mais à l'époque, cela m'avait frappé en plein visage et, vingt ans plus tard, j'y songe encore. Je repense à toutes les fois où ce que nous avions prévu avec ma famille avait été annulé, simplement parce que mon père s'était mis en colère et avait tout cassé dans la maison. Je pense aussi à toutes les fois où il nous a menti et où on pensait réellement aller dans les endroits qu'il nous avait promis. À la dernière minute, il arrêtait la voiture pour balancer ma mère sur le bas-côté. Ensuite, il la laissait s'éloigner puis roulait à toute vitesse vers elle, faisant mine de l'écraser avant de changer de direction à la dernière seconde. Il était vraiment bon conducteur, il faut l'admettre. À moins que son intention ait été de réellement la renverser et, dans ce cas-là, pas si bon que ça. Ce n'est pas une histoire bouleversante, mais le simple fait de passer du temps avec Hannah quand j'avais douze ans m'a révélé que la plupart des gens font les choses qu'ils ont prévues.

J'ai appris d'autres choses au contact des gens normaux qui m'entouraient, ceux que j'essayais d'imiter pour passer pour l'une d'entre eux. Avec le recul, tout bien considéré, j'ai fini par devenir forte à ce petit jeu. J'étais un peu comme la photo d'une statue de cire de célébrité prise dans un musée. Si on ne la regarde ni trop longuement, ni de trop près, elle peut passer pour la vraie. Je pense à cette photo d'une amie en compagnie de John Travolta, vue sur les réseaux sociaux, peu avant de passer à celle d'une collègue de travail avec le chat abandonné qu'elle vient d'adopter et à qui il manque un œil – sacrée Susan, il faut vraiment qu'elle montre à tout Instagram qu'elle est une sainte. J'étais totalement convaincue que ce John Travolta, que j'aimais tant – il est si talentueux, chanteur, danseur et acteur, ces trois choses à la fois, c'est dingue quand on y pense – était le vrai, mais je ne pouvais pas m'empêcher de penser qu'il y avait quand même quelque chose de bizarre chez lui. C'est la même chose pour moi, j'ai l'air normale au premier abord, mais il y a un truc qui ne tourne pas rond.

Avant, ça me mettait hors de moi d'être comme ça. Évidemment que je voulais être normale. N'est-ce pas le cas pour tout le monde ? Mais j'ai fini par me dire qu'être juste *un peu* décalée était une évolution dans le bon sens. Pour évaluer un succès, il faut prendre en compte le point de départ du cheminement. À l'âge de vingt-quatre ans, j'ai assisté à une conférence sur les effets du traumatisme infantile. Le sujet n'avait absolument rien à voir avec mes recherches, mais les autres *talks* à la même heure non plus et il me semblait qu'il était trop tôt pour faire l'école buissonnière et aller explorer New York. Je m'étais attendue à entendre comment les enfants enfermés dans des sous-sols, agressés par leurs professeurs ou les enfants stars étaient devenus des adultes dérangés. Au lieu de cela, j'ai entendu des choses sur les effets des enfances telles que la mienne. Ou d'autres contextes, pas tout à fait aussi durs que celui dans lequel j'ai grandi. *Foyers chaotiques* ou *parents difficiles*, voilà les termes utilisés. Des endroits où le langage était agressif, sans routine, en pagaille, où régnaient la peur et l'anxiété. Je cochais toutes ces cases.

Je ne suis pas folle, je me doutais bien que l'environnement de violence de mon enfance n'était pas le meilleur. C'était justement la raison qui m'avait poussée à le fuir dès que possible pour partir à l'université, puis à m'installer dans des colocations sales partagées avec des inconnus. Et j'ai réussi alors à m'extirper de ces agressions, de la privation de sommeil, de la violence physique. Mais cette conférence m'a appris qu'on ne s'échappe jamais vraiment. Je ne me débarrasserai jamais de ces influences précoces, car elles induisent des effets chroniques. J'ai appris à cette occasion, et les nombreuses recherches sur le sujet que j'ai faites par la suite l'ont confirmé, que les gens qui grandissent dans le chaos et la peur ont de grandes chances de devenir des adultes vivant dans le chaos et la peur. Ils ont plus de chance de souffrir d'anxiété, de dépression, d'addiction. Peut-être que c'est prévisible. Et peut-être que je le savais inconsciemment. Mais il y avait plus, parce que des environnements familiaux malsains produisent des corps adultes malsains – les gens comme moi ont plus de chances de subir des cancers, des maladies du cœur ou auto-immunes.

Ici, vous vous dites, c'est normal, si ces gens sont déprimés, ils se réfugient dans l'alcool et sont donc en mauvaise santé. Eh bien non. Des scientifiques ont démontré que, si on provoque du stress chez de jeunes souris, leurs corps et leurs esprits se détraquent ensuite, et il y a peu de chances que ce soit parce qu'elles vont trop souvent au pub. Le stress les reprogramme, troublant leurs hormones et leur système immunitaire. Durant cette conférence, ce que je connaissais, coincé quelque part dans mon corps, parfois même dans ma gorge, est monté au cerveau : les gens qui ont grandi de la même manière que moi auront toujours un système mal branché.

Savoir cela m'a aidée dans mon travail. J'ai commencé à accepter les pensées que j'avais sur le suicide et son utilité. Je me suis mise à me voir comme la preuve vivante qu'il peut être une bonne chose et qu'échouer à se donner la mort, comme mon père, peut avoir des effets néfastes sur la famille. Au moment où j'étais assise dans cette salle de conférence, âgée de vingt-quatre ans donc, j'avais récemment été diagnostiquée comme souffrant d'urticaire. Cela veut dire que ma peau me gratte. Je prends des antihistaminiques tous les jours, depuis dix ans, et cela m'aide beaucoup. Si je les oublie, mon corps se recouvre de plaques rouges. À vingt-neuf ans, après m'être plainte pendant des années d'avoir les yeux, la bouche et – désolée pour ce trop-plein d'information – le vagin secs, on a fini par me diagnostiquer comme souffrant du syndrome de Sjögren. Mon système immunitaire est si empoisonné, stressé, prêt pour l'action, qu'il s'est mis à attaquer mon propre corps. Pour le moment, il s'en prend aux parties qui produisent le fluide, les glandes lacrymales et salivaires et que sais-je encore. Cela touche généralement les gens entre quarante et soixante ans, mais je l'ai développé dans ma vingtaine. Les docteurs ne savent pas pourquoi cela m'a touchée de manière si précoce. Mais j'ai mon idée. Quand j'ai quitté la maison à dix-huit ans, mon corps avait déjà traversé une vie de stress, d'anxiété et de peur.

Pour relativiser : tant que je ne développe pas de lymphome non hodgkinien, qui est aggravé par le syndrome de Sjögren, ou de maladies auto-immunes, cela devrait aller. Je suis propriétaire de mon appartement. Il n'est pas parfait, bien sûr. Il est poussiéreux, car faire le ménage est trop barbant pour moi. Mes cheveux frisés et fins tombent régulièrement et je n'aspire pas assez souvent pour éviter la formation de boules bizarres sur ma moquette. Et j'ai du mal à garder ma douche impeccable, car c'est difficile d'atteindre le dos de la porte. Mis à part ça, c'est un endroit plutôt propre, bien rangé et d'apparence normale. Je règle mon réveil tous les soirs, je me lève chaque matin après quelques sonneries et j'arrive au travail avec seulement dix ou quinze minutes de retard. Je reste souvent plus tard, donc je pense que ça équilibre et mon patron semble d'accord. Je respecte la plupart de mes dates de rendus et je réussis à décaler quand ce n'est pas le cas. J'ai des amis qui ont de bons emplois, des maisons magnifiques et des familles aimantes. Je les vois souvent et ensemble, nous plaisantons et rions. Parfois, je les invite même chez moi. Pas très fréquemment, car cela me stresse d'avoir des gens dans mon espace. Mais les quelques fois où c'est arrivé, j'ai cuisiné pour eux et tout s'est bien passé. Je n'ai jamais rêvé de voyager et pourtant j'ai visité de nombreux pays dans le monde, souvent à l'occasion de conférences, ce qui veut dire que tout était pris en charge. Je ne sais pas conduire. Mais qui a besoin d'une voiture à Londres ?

Donc dans l'échantillon de gens à enfance merdique que nous formons avec mon frère et ma sœur, il y en a un tiers qui vit une existence stable, même si elle est sèche et qu'elle démange. S'il ne s'agissait que de moi, je n'aurais pas vu ma famille se refléter dans cette conférence et je n'aurais pas pris les choses autant à cœur. Mais il ne s'agit pas seulement de moi. Et les deux autres tiers ne cartonnent pas vraiment dans la vie. Même à cette époque, quand j'avais vingt-quatre ans, certains effets mentionnés dans cette conférence ont commencé à devenir apparents. Dix ans plus tard, mon frère et ma sœur cochent toutes les cases des problèmes émotionnels et comportementaux associés à un point de départ perverti.

À cette époque, j'avais l'impression que le conférencier s'adressait directement à moi. Comme si on passait en revue mon histoire et qu'on dépeignait mon futur. *Ce* discours à *cette* conférence a vraiment changé les choses pour moi. J'ai commencé à travailler plus dur, de manière semi-inconsciente au début, à la recherche de preuves pour soutenir ma théorie, sur laquelle je posais un regard neuf. Au fur et à mesure que la santé physique et mentale de mes frère et sœur déclinait, ma conviction n'a fait que se renforcer. J'ai commencé à suivre les araignées suicidaires, ces *Atypena lentili*, en dépit du fait que leurs petits œufs me foutaient les jetons, cherchant quelque chose que probablement seul quelqu'un comme moi pouvait trouver. Et quand j'ai fini par découvrir ce que je cherchais, comme tout psychologue évolutionniste ou biologiste qui se respecte, j'ai su que mon moment était venu. Aussi horrible que cela puisse être, j'ai même commencé à ressentir un peu de fierté pour mon passé, parce qu'il m'avait donné la capacité de voir le bénéfice évolutionniste de quelque chose d'aussi sombre que le suicide. Une découverte comme celle-là ne pouvait venir de quelqu'un de normal. Il fallait que ce soit une personne comme moi. Mon enfance avait assez aiguisé mon esprit et étouffé mes émotions pour me permettre de me détacher de la vie humaine. J'imagine que c'était déjà le cas quand je me voyais dans l'œuf métaphorique et non dans le grain de café ou la carotte. Et j'étais contente, à ce moment-là, d'être un œuf. Parce que c'était clairement un boulot pour un œuf.

# Un mercredi

Mon réveil sonne pour la cinquième fois, ce qui veut dire que mon quota est dépassé. Les quatre premières, mon cœur s'est serré au moment où le brouillard du sommeil s'est éclairci et que j'ai réalisé qu'on était mercredi. Mon cœur tressaille une cinquième fois, car le mercredi est le pire des jours pour moi. Non seulement aujourd'hui, je vais le voir mais aussi le lendemain, le jour suivant et celui encore après ça. Au moins, dimanche, lundi et mardi sont à moi, seule. Je me lève, frotte mes yeux pour effacer le sommeil et commence à m'activer dans ce qui est le pire des jours.

Après le travail, je prends le bus pour me rendre à l'hospice. Comme toujours, je joue avec l'idée de ne pas descendre au bon arrêt, restant dans le bus pour regarder le paysage en dépassant cet endroit déprimant. Comme d'habitude, je finis par céder et sors du bus au dernier moment. Je passe l'entrée du bâtiment beige et bien structuré, où Arthur le vigile attend derrière une fenêtre en plastique. Il y a un cordon, probablement utilisé pour cadrer la file quand les visiteurs sont plus nombreux, mais je ne viens jamais le dimanche. Le jour des familles et des sentiments de culpabilité. Ce mercredi soir, il n'y a pas la queue, donc je vais directement à la fenêtre. Arthur me fait passer par la zone délimitée par le cordon.

« Mais il n'y a personne aujourd'hui, Arthur. »

« Les règles sont les règles, passez par là », me répond-il.

Est-ce qu'Arthur se rend compte que c'est devenu notre petit rituel ? Plaisante-t-il ? Et moi ? Jamie trouvait hilarant le récit de mes interactions avec lui, quand j'imitais ses gestes et le ton grave de sa voix. Maintenant que je suis seule, je ne trouve plus cela très drôle. Comme à chaque fois, je feins l'embarras devant mon erreur et fais ce qu'il dit, passant la zone de sécurité, même si j'aurais pu entrer par d'autres points sans sa permission. J'apprécie les minuscules parterres de jardins à la française devant certaines unités, luttant avec la chaleur de l'été, jusqu'à ce que j'arrive à l'unité numéro 13, qui n'a pas la chance d'être ainsi aménagée.

Je trouve mon père endormi devant le sport à la télévision. J'ai entendu le vacarme de dehors, avant d'ouvrir la porte. Je baisse le volume, ouvre toutes les fenêtres, et laisse entrer la chaleur de l'extérieur, puis me dirige vers la cuisine, ce qui est un bien grand mot pour désigner le petit plan de travail doté d'un micro-ondes.

Il ne sera pas content, mais une salade est la seule chose que j'aie la force de préparer et de manger un soir comme celui-ci. J'ouvre un sac de cresson, enlève une tige et balance les feuilles vertes dans un bol. J'ai lu quelque part que le cresson est incroyablement bon pour la santé. C'est apparemment anticancérigène et bénéfique pour la thyroïde, le cœur et les os. Cela a même des effets antidépresseurs. Mais au fond, je sais bien que je n'ai acheté cette salade pour aucune de ces raisons. Je l'ai achetée parce qu'il la déteste. J'épluche et râpe difficilement deux carottes, devenues un peu molles, et j'ajoute quelques tomates cerises. J'égoutte une boîte d'artichauts et ajoute du poulet déjà cuit, des tomates séchées, des câpres, de l'huile d'olive et du vinaigre. Puis je jette un regard vers lui. Sa tête est lourdement retombée dans le sommeil et j'envisage de lui couper la gorge avec le couteau japonais que j'ai payé une fortune et que je tiens dans ma main. J'ai ce genre de pensée quand je l'observe, de temps en temps. Si les regards pouvaient tuer, il serait en train de cracher du sang à cet instant. Mais je me contente de l'observer et lui, de ronfler.

Ce n'est pas toujours comme ça. Parfois, c'est de la pitié que je ressens en le regardant et je dois me détourner pour cacher mes larmes. Ces humeurs sentimentales me mettent largement plus mal à l'aise que mes instincts meurtriers. Et elles sont plus dures à expliquer, même à moi-même. Mais elles doivent être naturelles, car je soupçonne Freya de les partager. Elle ne l'avouera jamais, mais je l'ai lu sur son visage. Quand les médecins m'ont appelée pour me prévenir d'une détérioration de son état, et que j'ai découvert quel taudis était sa maison, Freya a accepté de m'aider à la nettoyer. Elle a été très claire sur le fait qu'elle le faisait pour moi, *pas* pour lui, parce qu'elle m'a dit que la seule chose qui pouvait la mettre plus en colère que de nettoyer sa merde était de m'imaginer moi en train de le faire toute seule. Elle n'a pas cessé de me rappeler combien elle était révoltée par la situation durant tout le temps que le nettoyage a duré, ce qui nous a pris deux bonnes semaines. Elle était furieuse de devoir plonger les mains dans sa crasse, furieuse de faire pour lui ce qu'il n'aurait jamais fait pour elle, furieuse qu'il continue ainsi de ruiner sa vie alors qu'elle pourrait être en train de s'amuser. Chaque coup d'éponge était un coup porté à sa tête, chaque passage de l'aspirateur était un coup d'épée dans son cœur. Cela a fini par être presque amusant, cette rage. Amusant et utile. Elle est devenue une excellente femme de ménage. Quand j'étais épuisée, assise sur le canapé, elle était encore en train d'utiliser son vitriol pour nettoyer l'endroit et le rendre éclatant d'agressivité.

Freya a accepté de m'aider à la seule condition de ne pas devoir voir notre père. Ce qui semblait possible étant donné qu'il était hospitalisé pour des examens, puis des biopsies, puis de la convalescence et enfin pour sa propre sécurité. Les médicaments qu'ils lui ont donnés ont commencé à avoir sur lui un effet positif et il a pu sortir plus tôt que prévu, ce qui fait que leurs chemins se sont tout de même brièvement croisés un soir. C'est à cet instant que je l'ai vu. Le choc de Freya face à ce qu'il était devenu. Suivi par la pitié, la tristesse, le chagrin.

Je ne lui ai pas demandé ce que signifiait son expression, car je le savais. Cela voulait dire qu'il aurait mieux valu qu'il reste le monstre qu'il était dans son esprit plutôt que... ça. Nous partagions la même confusion, provoquée par le fait que son sort nous importait peu. Peut-être que je me trompe, et qu'on verra le moment venu, mais je ne crois sincèrement pas que sa mort me touchera. Les années avant qu'il tombe vraiment malade, je l'ai très peu vu, et j'ai souvent eu l'impression que l'idéal aurait été de ne plus jamais être en contact avec lui. Donc, je ne crois pas que sa mort nous pose problème, à Freya et moi. C'est sa vie, telle qu'elle est devenue, qui nous fait du mal. C'est comme voir un chien autrefois terrifiant – tout en muscles, dents et rage, qui avait pour habitude de lacérer des lapins pour le plaisir – se tenir difficilement sur ses pattes. Je ne peux m'empêcher de faire le deuil de ce pouvoir perdu et de ressentir de la pitié face à ce qu'il est devenu. Je pense que Freya a ressenti la même chose ce jour-là. C'est en partie pour ça qu'elle ne l'a pas revu depuis, et qu'elle m'a aidée sans trop se plaindre à choisir ce foyer d'accueil et l'auxiliaire de vie qui le visite les jours où je ne le fais pas. Même si bien sûr, comme prévu, l'aide financière qu'elle m'avait promise pour payer tout cela ne s'est jamais matérialisée.

Mon père est l'ombre de lui-même. Il a rétréci. Et sa nouvelle docilité pleine de confusion, sa servilité, son désarroi sont parfois insupportables. Est-ce l'*amour* qui rend cette vision insoutenable ? Je ne le crois pas. Ou alors c'est un terme trop vague pour décrire une chose aussi particulière. Comment ce même mot peut-il être utilisé pour décrire mes sentiments pour Jamie et ceux pour mon père ? Ce n'est pas de l'amour. Ou pas le même amour. C'est un lien beaucoup plus conditionnel et animal, le cordon primaire de la famille et des gènes communs. C'est le fait que ses traits sont les miens, que son sang est mon sang. Cela me fait ressentir des choses que mon cerveau, avec tout ce qu'il sait de mon père et de ce qu'il m'a fait endurer, ne peut pas saisir. Mais c'est OK. Quand cet état larmoyant s'empare de moi, je lève les yeux, respire profondément, mords ma lèvre inférieure et me console en me disant que je vais bientôt repasser au ressentiment. Et bien sûr, c'est ce qui finit par arriver.

Quand j'ai fini dans la cuisine, je place le bol à côté de lui sur son plateau, pousse son épaule et prends place sur l'autre fauteuil. Il se réveille, remarque ma présence et mange la salade en silence pendant que l'on regarde les résumés des actualités sportives ensemble. Je hais le sport comme tout le monde dans ma famille, sauf mon père. C'est d'ailleurs probablement parce qu'il l'aime que nous détestons tous le sport, mais c'est une théorie difficile à prouver. Ça ne sert à rien de faire des hypothèses sur des choses que vous ne pouvez pas corroborer. Je fixe l'écran, le regard vide, refusant d'être attentive à quoi que ce soit. Ma propre volonté m'impressionne. Je ne sais pas combien de temps j'ai passé dans ma vie, assise dans une maison où les commentaires sportifs beuglaient en provenance de la télévision ou la radio. Pourtant, je suis fière de dire que je suis incapable de répondre à la moindre question du quiz le plus facile de n'importe quel pub. Un sacré accomplissement, selon moi. Nous voilà donc assis ensemble, à faire deux choses que l'on déteste : lui, manger ce plat que je lui ai préparé et moi, regarder sa télévision. J'ai oublié de prendre un livre aujourd'hui donc j'attrape un des magazines que l'auxiliaire de vie laisse traîner. Je ne lis plus que rarement des magazines féminins et je suis surprise de constater le nombre effarant de façons que peut avoir le corps d'une femme d'avoir tort. Bien sûr, le ton a un peu changé depuis ma jeunesse. On est dans l'amour de soi et le mouvement *body positive* désormais, n'est-ce pas ? Mais il semble aussi que nous soyons invitées à nous raser le visage pour qu'il soit extradoux, nous maquiller jusqu'à ce qu'on soit méconnaissables et nous mettre du déodorant pour masquer nos odeurs corporelles. Et bien sûr, nous aimons épier les femmes qui ont le culot de s'engager dans des cures d'amincissement ou de chirurgie esthétique pour devenir de meilleures versions d'elles-mêmes. Cela me rappelle combien on peut se laisser absorber dans la haine de soi et dans la comparaison avec le corps des autres femmes. En tant que chercheuse, je sais que c'est un processus naturel chez l'être humain, de s'évaluer soi-même, mais aussi d'évaluer les autres et la concurrence. La littérature suggère que la même partie de notre cerveau juge à la fois la laideur morale et physique. Pas étonnant que je sois autant absorbée par la révulsion éthique du magazine envers les pattes d'oies et par ses meilleurs tuyaux pour bien appliquer l'*eyeliner* afin de parvenir au meilleur résultat possible. Avant même que je m'en rende compte, une heure et demie est passée et il est déjà temps que je parte. Sauf que, merde, je me rappelle que l'auxiliaire est absente pendant une semaine et que Papa n'a pas pris de bain depuis le week-end dernier. Génial. « Papa », je crie, le secouant pour le tirer de sa sieste. « C'est l'heure du bain. » Il attrape son déambulateur en vacillant et se hisse difficilement sur ses jambes. Mon père peut à peine marcher désormais, ses genoux et chevilles ayant souffert d'années d'exercice fanatique passées à terroriser une maison remplie de membres de sa famille. Pour lui rendre justice, avez-vous déjà essayé de vous mettre dans une colère noire sans bouger ? C'est incroyablement difficile, même s'il vaut mieux essayer si vous tenez à vos genoux, visiblement… Il a reçu une prothèse de hanche il y a trois ans, censée au moins soulager sa douleur, mais ça ne s'est pas passé comme prévu. Entre les infections, les déchirements et l'érosion des os, sa hanche va encore plus mal qu'avant l'opération. Il peut toujours, Dieu merci, se laver seul, en particulier parce que les appartements de ce complexe sont équipés spécialement avec des rampes et des marches dans les baignoires. Sauf que ce jour-là, sa cheville est dans le plâtre à cause d'une mauvaise chute. Il ne doit pas le mouiller, et se doucher ou prendre un bain en l'évitant requiert une agilité qu'il a perdue il y a bien longtemps. En l'aidant à entrer dans la salle de bain, je songe au fait que la seule solution pour le laver est une éponge. Je n'ai pas eu besoin de le faire depuis sa première opération de la hanche et à cette époque, il était tellement peu conscient que ça n'était pas si gênant que ça. Ou peut-être est-ce simplement ce que je ressens avec le recul, car je pense que devoir laver son père âgé est toujours un peu embarrassant. D'ailleurs, ce qui se passe ce jour-là est un des moments les plus gênants de ma vie.

Après quelques hésitations peu gracieuses, je définis un plan. Je l'aide à se déshabiller, ouvre la porte de la baignoire et l'installe dans une position où la majeure partie de son corps est cachée, mis à part son plâtre qui repose sur le bord de la baignoire. Ensuite, je mouille et savonne une éponge et la lui tends afin qu'il frotte les zones de son corps qu'il arrive à atteindre. Cela inclut, merci mon Dieu, l'endroit le plus problématique, que je fuis du regard, même si je ne peux m'empêcher d'entendre le bruit de son engin qui claque pendant qu'il est nettoyé. Tout a rétréci avec l'âge, mis à part les lobes de ses oreilles, donc il faut imaginer le bruit d'un poisson minuscule, peut-être un poisson rouge ou un anchois, qui frappe contre un rocher.

Je me demande pourquoi j'ai autant honte à cet instant. Bien sûr, quand je m'imagine le poignarder avec un coûteux couteau japonais, je sais que je ne passerai jamais à l'acte, mais pourquoi ne suis-je pas capable de profiter de ce moment pour prendre la mesure de ma vengeance ? Pourquoi ne puis-je pas me moquer de ce vieillard minuscule qui a été le mal incarné toute ma vie ? Avez-vous lu *Comment peut-on (encore) être une femme ?* de Caitlin Moran ? Elle y évoque le fait que les femmes font leur transition de petite fille à femme quand un homme au hasard leur balance des insultes sexistes dans la rue. *Jolis nibards,* ce genre-là. Cette idée du seuil de la féminité s'incarnant dans une claque reçue dans la rue m'a vraiment marquée. Sauf que moi, je n'étais pas dehors mais chez moi. Et cet homme n'était pas un étranger, mais mon père. Je me suis développée précocement. J'ai eu mes règles à l'âge de dix ans et mes poils pubiens avaient commencé à apparaître quelques années plus tôt. J'ai appris plus tard que tout cela n'avait rien à voir avec la chance, mais plutôt avec le stress ressenti pendant l'enfance, qui a une influence directe sur la précocité. Et j'ai de la chance, des règles précoces sont aussi liées à une ménopause précoce, des taux élevés de cancers du sein ou des ovaires, de la dépression, des problèmes d'addictions, des comportements sexuels à risques et des grossesses adolescentes – même si, personnellement, j'avais peu de chance de me trouver dans ce dernier cas. Imaginez-moi à huit ans. Je suis rentrée de l'école et je me change dans ma chambre pour mettre des vêtements confortables avant de descendre regarder *Sauvés par le gong*, ma série favorite. J'ouvre mon tiroir et j'ai la joie de trouver mon pyjama préféré, qui a été lavé. C'est un ensemble bleu et violet, short et t-shirt, avec un ours gris cousu sur la poche de poitrine, côté gauche. Je suis trop heureuse de pouvoir le mettre, je l'enfile même si la dernière fois que je l'ai porté, le bouton du haut a sauté. Ma mère avait prévu de le coudre, mais ça ne m'embête pas car il fait plutôt chaud ce jour-là. Je descends l'escalier dans cette tenue et croise mon père qui s'apprête à monter. Il fait ce truc où il m'empêche de passer mais aujourd'hui, je vois qu'il est d'une humeur massacrante et qu'il n'a pas envie de rire, mais plutôt d'être agressif.

« Qu'est-ce que c'est que cette putain de tenue ? » dit-il.

Je suis soulagée car la réponse est facile, et je suis heureuse de lui dire que je porte mon pyjama préféré, celui avec l'ours.

« Tu essaies de me chauffer ou quoi, espèce de petite salope ? »

À ce moment-là, je suis une enfant qui sait beaucoup de choses. À mon bénéfice et à mon détriment, le mode de vie imprévisible et désordonné de mes parents fait que je peux rester debout et regarder des programmes pour adultes quand j'en ai envie. J'ai développé une peur plutôt saine des étrangers basée sur les récits de crimes réels vus à la télévision plus que sur les règles énoncées à l'école. J'ai aussi un vocabulaire particulièrement riche et, même si mes professeurs ne veulent pas le croire, il vient plutôt de la télévision que de la lecture. Donc, je sais ce que « chauffer » veut dire et ce qu'est une « salope », mais j'ai du mal à comprendre pourquoi ces mots sont prononcés par mon père contre moi, sa fille en pyjama. Mais quand je lui demande, il ne cesse de répéter sa question, d'une façon plus agressive à chaque fois. Finalement, ma mère nous tombe dessus et… vous l'aurez deviné, me demande de monter me changer et de ne pas remettre ce pyjama avant qu'elle ne l'ait réparé. C'est à cette occasion que j'ai compris que j'avais de la poitrine. Des seins apparus si rapidement que je ne les avais pas remarqués. Et c'était mon premier avant-goût de la féminité : me faire insulter de manière sexiste tout en entendant que je l'avais cherché par mon choix vestimentaire.

Merci Papa.

Mais même face à ce vieux trou du cul qui nettoie son vieux trou du cul avec une éponge, je ne peux pas rassembler le… le quoi ? Le courage ? L'animosité ? Le venin ? L'énergie ? Le petit truc pour l'humilier à mon tour. Je continue simplement de tendre à ce vieux clébard une éponge mouillée par-dessus mon épaule jusqu'à ce qu'il soit lavé. Puis je l'aide à s'habiller et je pars, sans lui dire au revoir, simplement contente de me dire qu'on n'aura pas à recommencer, au moins pendant quelque temps.

# *Un jour noir*

*Il a l'air chic, tout en noir, quand on le pousse à l'intérieur. J'ai choisi ces vêtements. Je les ai achetés pour l'occasion. Aucun de ses anciens costumes ne lui va désormais. Ils appartiennent à la version plus grande de lui. J'ai choisi un ensemble noir : costume noir, chemise noire, cravate noire, foulard noir, chaussettes noires, chaussures noires. Le noir c'est ce que je ressens. Toute la lumière a été absorbée. Pour une raison étrange, je voulais être celle qui l'habille, même si ce n'était pas agréable. Je me suis même dépêchée d'aller chez lui pour m'en charger.*

*Je pensais que je serais toujours en colère. Plus que jamais. Mais non, je ne le suis pas. On dirait que j'ai oublié, même si c'était contre ma volonté.*

# Un espoir

« Pourquoi est-ce que tu le fais toi-même ? » demande Jamie. Autrement dit, pourquoi est-ce que je continue de rendre visite à cette personne qui ne m'inspire que de la colère et de la rancœur, au lieu de rentrer tôt et de profiter d'elle ?

Je ne connais pas la réponse. Jamie pose beaucoup de questions. Elle veut aller au fond des choses. Mais d'une manière différente de la mienne. Elle cherche le changement, une analyse et un développement personnel. Elle veut l'évolution et non la psychologie évolutionniste. Et elle veut faire des plans, aller de l'avant, ne pas regarder en arrière. J'imagine que les opposés s'attirent.

Notre première rencontre a lieu dans une horrible soirée gay pleine de *bears* torse nu. Comme nous sommes parmi les rares spécimens féminins présents dans le club, nous voilà bien obligées de nous remarquer. Ce qui joue énormément en ma faveur, car elle est la plus belle femme que j'ai vue de ma vie et je n'ai aucun doute quant au fait qu'elle n'aurait pas daigné me regarder s'il y avait eu d'autres options alentour. Nos regards se croisent et mon cœur bat la chamade. Elle est tout en noir, mais pas de la manière dont je porte cette couleur pour ses qualités de lavage, de coordination et de camouflage. Elle s'est habillée en noir avec goût pour attirer l'attention plutôt que pour se faire oublier. Sa tenue est élégante et travaillée, simple et androgyne. C'est un *statement*, une identité. Chaque fois que je la surprends en train de danser avec ses amis, je sens mon pouls s'accélérer et je note intérieurement à quel point elle me plaît. Mais évidemment, je laisse de côté dans mon esprit ne serait-ce que l'idée de rêver de lui parler ou même parler d'elle à mes potes, de peur qu'ils m'encouragent à me lancer dans les eaux troubles d'une conversation avec une inconnue. Dans la petite salle remplie essentiellement de *bears*, elle commence inexplicablement à danser dans la direction de notre groupe. La voici seule à présent, mais elle se la joue cool, même si petit à petit, elle se rapproche de nous. J'imagine alors qu'elle s'avance vers Laura, qui attire toujours les regards, une femme grande, blonde et androgyne, avec une coupe « je sors de la douche, mes cheveux sont comme ça », qui ne porte pas de soutien-gorge et se fout de savoir si vous vous en êtes rendu compte. Laura est l'option évidente pour une femme si mystérieuse et glamour, habillée tout en noir. Mais si c'est elle sa cible, pourquoi cherche-t-elle à capter mon regard avec autant d'insistance ? Est-ce qu'elle fait ce truc où tu inclus aussi les amies moches dans un groupe pour que le vrai objectif ne se sente pas piégé ? Personnellement, je n'ai jamais essayé puisque je n'ai jamais non plus « ciblé » quelqu'un dans une soirée, mais j'en ai entendu parler et j'imagine très bien que c'est efficace. Je décide que c'est ça son petit jeu, mais quand je jette un coup d'œil vers elle, je me dis que si c'est vraiment sa stratégie, elle devrait tout de même regarder Laura un petit peu. Ou même les autres filles de mon groupe, qui ne sont pas à proprement parler moches, mais qui ne sont pas non plus Laura. Il devient clair que cette femme en noir me regarde moi, directement. En s'approchant, son regard est si intense que je me sens rougir et je dois discrètement humidifier mes lèvres devenues soudainement sèches. Toutes mes amies ont remarqué ce qui se tramait et elles n'arrêtent pas de me donner des coups de coude et de me faire des clins d'œil, décuplant ma transpiration. Elle se glisse sur le côté, afin qu'il ne reste qu'une seule personne entre nous, et continue de me fixer. Quand cette dernière personne part vers le bar, ne laissant que l'air chargé de fumée épaisse entre nous, je suis si mal à l'aise que je finis par parler la première. Ma voix se décroche alors que je vomis nerveusement un petit « salut », mais je me rends bien vite compte qu'il n'y a pas besoin d'être nerveuse. C'est une professionnelle. Elle me met à l'aise dès qu'elle ouvre la bouche, son affabilité rendant immédiatement sa beauté moins intimidante. Elle se présente, pose beaucoup de questions, et alors qu'on s'appuie contre un mur dans une zone plus calme de la boîte, elle paraît réellement intéressée par mes réponses, par moi, mon travail, le quartier pourri où je vis, mes amis, mes plans pour le futur, qui bien évidemment sont peu nombreux. Je découvre que j'aime parler de choses familières avec elle, me découvrir neuve dans son regard, mais j'ai aussi soif d'informations la concernant. Je découvre son nom, Jamie. Je trouve que son côté non genré et sa sonorité vaguement française lui vont bien. J'aime la façon dont ce nom sonne dans ma bouche. Son travail consiste à chercher et fournir des accessoires pour les films, mais sa vraie passion est son art. Elle est peintre. Je ne peux pas imaginer quelque chose de plus excitant, mais comme c'est souvent le cas chez les créatifs, elle trouve mon activité de scientifique bien plus glamour. Évidemment, cela me fait très plaisir. On reste comme ça à parler pendant des heures, ignorant totalement nos amis respectifs, alors qu'ils essaient d'attirer notre attention. Je suis si absorbée par notre conversation, tellement avide d'en savoir plus sur elle que je suis prise de cours quand elle se penche vers moi et me demande si elle peut m'embrasser. Je n'arrive pas à croire qu'elle, glorieuse créature, demande la permission, en particulier à moi. Je la lui donne de tout mon cœur.

Le monde disparaît. Sa bouche sur ma bouche, sa main dans mes cheveux, son corps contre le mien sont tout ce dont j'ai toujours rêvé. Quand elle se retire et demande si je veux rentrer avec elle, je suis envahie par un sentiment familier de panique. Je ne suis pas préparée pour ça. Mes jambes et mes aisselles sont poilues, mon sexe n'est pas épilé, et je suis quasiment sûre que je porte des sous-vêtements avec des cartoons dessinés dessus et des chaussettes avec des trous au niveau du gros doigt de pied. Pourquoi est-ce que je ne me prépare jamais pour le jour où je serai *chanceuse* ? C'est parce qu'en le faisant de manière présomptueuse, je suis sûre de me porter la poisse. Plus important encore que mon buisson non taillé et mes culottes de *nerd*, il y a le fait que je n'ai pas eu de relations sexuelles depuis dix mois. Et si j'avais oublié comment on fait ? Et si je faisais rire la femme en noir, mais pas de la bonne manière ? D'un autre côté, je pourrais aussi ne pas avoir une autre opportunité comme celle-ci, laisser passer dix mois de plus et réellement *oublier* cette fois. Comme si elle pouvait entendre ce qui se trame dans ma tête, Jamie m'assure qu'elle n'a pas prévu cela non plus, et qu'on peut juste aller chez elle, boire un verre et voir ce qui se passe.

Je la suis donc jusqu'à son appartement situé à Haggerston. Je suis folle d'impatience de cette fin de soirée sans pression et tente de ne pas l'objectifier alors que, devant moi, elle monte les marches jusque chez elle. L'endroit où elle vit est, sans surprise, aussi magnifique qu'elle. Propre, bien rangé mais rempli d'objets inhabituels, des accessoires qu'elle a trouvés pour des films et tellement aimés qu'elle les a conservés après les tournages. Elle me demande si j'ai vu un film d'art et d'essai sur lequel elle a travaillé et où figure son minibar en forme de globe. Mais ce film est bien trop cool pour que j'en aie simplement entendu parler. Je résiste à la tentation de lui mentir pour l'impressionner et lui explique à la place que j'ai toujours rêvé d'un bar comme celui-ci. Sa collection de livres est incroyable. Elle occupe deux des murs du salon, du sol au plafond, même au-dessus des portes, et est rangée entièrement par couleur. Je parcours attentivement les étagères pendant que Jamie prépare nos verres. Dans la section orange, je tombe sur la Bible de notre peuple, *Les oranges ne sont pas les seuls fruits* de Jeanette Winterson, le sors pour le feuilleter. Je suis de nouveau absorbée par ses mots, même dix ans après l'avoir lu, quand Jamie passe sa main autour de ma taille. Je sens son souffle chaud dans mon oreille alors qu'elle lit aussi par-dessus mon épaule.

« On n'a plus rien dit et j'ai suivi du doigt le contour de ses os merveilleux et le triangle formé par les muscles de son ventre. Qu'y a-t-il donc dans l'intimité qui fait qu'elle dérange tant ? »[2] Sa main descend le long de mon corps alors qu'elle lit, faisant disparaître peu à peu toute anxiété liée à ma non-préparation. Je me tiens aux étagères alors qu'elle est debout derrière moi, embrassant mes oreilles, léchant mon cou. Je ne suis pas perturbée par cette intimité. Je n'ai pas la présence d'esprit d'être dérangée. En fait, je peux à peine me contrôler assez pour reposer son livre dans la bibliothèque. Parce que je nage dans ses bras. Ou alors, c'est elle qui nage en moi, tellement je fonds. Sa langue est en moi et je deviens liquide. Ses dents se repaissent de moi, et je brûle. Je suis le feu. Je flotte. Je suis l'air. Je disparais. Je ne suis plus rien. Je ne suis plus capable de penser, seulement de ressentir. Et juste au moment où j'ai l'impression que mes jambes vont me lâcher et que je vais m'effondrer sur le sol, elle me fait tourner vers elle et place mes bras au-dessus de ma tête sur la bibliothèque. Elle me maintient en place, fermement, et m'embrasse tout doucement, le long de mon cou, de ma clavicule, puis sur mes seins et elle continue de descendre plus bas, encore plus, avant de revenir sur mes lèvres et de les embrasser tout doucement. J'essaie de l'atteindre avec ma bouche, mais elle se retire par jeu. Je me sens mise à nu avant même qu'elle ne me déshabille. Et quand elle finit par le faire, je sens que je suis mouillée, le long de mes cuisses puis contre son pantalon, lorsqu'elle glisse une de ses jambes le long des miennes. Elle entre en moi avec ses doigts, d'abord un, puis un deuxième puis un troisième qui m'écarte, elle fait des cercles avec son pouce, m'aveuglant de plaisir, alors que je jouis, appuyée sur ces livres que j'admire tant. Enfin, elle me laisse tomber sur le sol, avant de se joindre à moi.

Je n'aurais pas dû avoir peur d'oublier comment faire. Mon corps s'est débrouillé sans mon cerveau, mes muscles contenant tout le savoir dont j'ai besoin. J'enlève les vêtements

2 Jeannette Winterson, *Les oranges ne sont pas les seuls fruits*, Éditions de l'Olivier, 2012, traduction de Kim Trân, p.94.

noirs de Jamie et je peux la voir tout entière. Je la prends dans ma bouche et sens son goût salé, sa douceur, la mer en elle, sa terre, sa viande. Je vais la dévorer. Je peux la sentir chevaucher ma langue, plus fort et plus vite, jusqu'à ce que son plaisir soit en moi. Ensuite, on se serre dans les bras, sans se soucier du sol froid, dur, en bois. J'ai l'impression que je pourrais reposer ici avec elle pour toujours.

Bien sûr, nous ne pouvons pas rester allongées sur le sol pour toujours. Même rester dans son lit si chaud, doux et accueillant pour toujours n'est pas permis. Même si dans les mois qui suivent, nous limitons au simple fait d'aller faire le plein au frigo nos déplacements en dehors de la chambre. Je sais bien qu'à un moment, nous devrons emmener notre relation – si vous faites l'amour suffisamment de fois, cela devient une relation – à l'extérieur de la chaleur de ce lit, de cette chambre et même de cet appartement. Nous allons devoir essayer d'incorporer notre histoire dans nos vies et nos relations existantes. J'essaie de nier ce processus aussi longtemps que possible. J'opte pour des rendez-vous chez elle, une fois qu'elle a déjà bu quelques verres avec ses collègues, plutôt que de l'accompagner comme elle me l'a proposé. Je lui mens et lui dis que notre entourage n'est pas invité aux événements de mon travail. J'invente des choses importantes à faire quand ses parents viennent lui rendre visite. Malgré cela, je sais bien qu'on ne peut rester seules pour toujours, et mon cœur se noie à l'idée de devoir s'ouvrir, nous présenter en public, parce que dans mon expérience limitée de deux petites amies sérieuses et quatre semi-flirts, c'est ici que les problèmes commencent. Deux personnes folles d'amour dans la bulle qu'elles se sont créée peuvent s'effondrer quand elles sont transportées dans la réalité d'une vie ennuyeuse où stress, problèmes et complexité sont de mise. Après avoir été si proche d'une personne qu'il est presque difficile de la distinguer, cela revient à reculer et dézoomer. On commence à voir cette personne de manière plus globale, à assister à ses interactions avec les autres, les masques tombent et elle apparaît alors aux yeux de l'être aimé comme à ceux du reste du monde.

Ce nouveau point de vue peut être fatal dans une relation naissante, en particulier si vous êtes comme moi.

D'une manière remarquable, ça n'a pas été le cas avec Jamie. Quand nous avons finalement décidé de quitter le petit paradis que nous nous étions construit, il semblerait qu'il soit venu avec nous. Quand je lui présente mes amis de l'université, les gens dans ma vie qui m'ont fait entrer dans la normalité, et ceux dont je me sens le plus proche, c'est comme si elle avait toujours fait partie de notre groupe. Elle se joint à eux pour me taquiner gentiment, tout en me prenant la main sous la table, pour me dire qu'elle est avec moi. Au brunch avec ma mère et ma sœur, elle ressent ma nervosité et me soutient, prenant la parole quand je perds mes mots, évoquant mes récents succès, dont elle sait que je suis trop timide pour me vanter. Dans les événements organisés par mon travail, elle me suit, exprimant de l'intérêt pour des sujets que je trouve moi-même barbants, souriante, sans jamais se plaindre. Si cela n'est pas suffisant, rencontrer ses proches semble aussi extrêmement facile et naturel. Dans mes précédentes relations, cela pouvait ressembler à sauter dans des eaux profondes et marcher contre la marée. Avec Jamie, j'ai simplement l'impression de nager dans une partie différente d'un bassin que je connais bien et où j'ai toujours nagé. Un endroit plus ensoleillé, propre et agréable. Sa famille est accueillante et n'a visiblement rien à redire concernant sa sexualité ou sa relation avec moi. Ce sont des gens bons, honnêtes, travailleurs, qui ne comprennent pas toujours très bien la créativité de Jamie, mais admirent le fait qu'elle soit capable de gagner sa vie grâce à elle. Ils paraissent réellement contents qu'elle ait rencontré une personne qui la rend heureuse. Je suis envahie par des sensations étranges de chaleur quand j'entends cela. Je la rends heureuse. Et ils sont ravis à l'idée que ma carrière soit bien moins précaire que la sienne. Ils n'ont clairement jamais entendu parler des statistiques alarmantes du chômage dans le milieu académique, et ce n'est pas moi qui vais leur en parler. Ses amis sont comme les miens. Ou peut-être pas exactement comme eux, mais ils ressemblent à des gens avec qui j'aurais pu me lier, même sans rencontrer Jamie. Je réalise que je n'ai jamais vécu ça, apprécier pleinement la compagnie des proches de ma partenaire, ne pas subir son monde, mais au contraire prendre plaisir à m'y promener et m'y sentir à ma place. C'est agréable et naturel.

Plus j'apprends à connaître son monde, plus ce que je suspectais au sujet de Jamie semble se confirmer. Voir à quel point les cadeaux que Jamie s'est donné un mal fou à choisir illuminent les visages de ses proches pour les anniversaires ou Noël me démontre les efforts qu'elle fait pour connaître les autres, leur apporter de la joie et bien faire les choses. La facilité avec laquelle ses amis viennent s'ouvrir à elle, lui parler de leurs problèmes, puis à moi, comme si j'étais une extension d'elle, est la preuve de sa capacité de compréhension, de considération, son attention aux autres. La voir provoquer un fou rire, même chez le plus drôle de ses amis, grâce à son don pour l'autodérision révèle son habileté à ne pas se prendre au sérieux. En d'autres termes, Jamie est un des grains de café existant dans notre monde. Elle rend tout ce qui l'entoure meilleur, y compris moi, et elle se balade dans les hauts et les bas de la vie avec aisance. Ses parents ont de l'humour, ne jugent personne, se regardent avec la même chaleur qu'ils adressent à Jamie et ses sœurs. Elle est devenue ce parfait petit grain de café, car cette femme que j'adore un peu plus chaque jour qui passe a été modelée dans l'amour, la gentillesse et la fierté.

Je n'ai jamais connu ces choses, et elles n'ont rien à voir avec ce que je suis devenue. Pendant les premiers mois, j'ai constaté que la personne que je suis réellement, cette imitation de la normalité, peut résister au fait d'être scrutée de près. Mais je finirai toujours par être démasquée. Il est compliqué de déterminer à quel moment précis le masque commence à tomber, car il est important que vous compreniez que je n'ai pas l'impression d'en porter un. Je ne mens jamais à Jamie et ne lui cache rien. Comme la plupart des gens amoureux, elle choisit de voir certaines choses et d'en ignorer d'autres.

Je crois que c'est pendant l'atelier collage que Jamie capte pour la première fois quelque chose qui ne lui plaît pas. Sara, une de ses amies, est artiste, spécialisée dans la pratique du collage et après une longue période passée à se battre pour vivre de son art, elle a décidé d'organiser des ateliers pour des enterrements de vie de jeune fille ou des entreprises. Jamie et ses amies doivent être ses cobayes avant qu'elle se lance et, comme je suis la personne non créative de leur groupe, donc celle qui serait plus proche de ses clients potentiels, j'ai été chaleureusement encouragée à participer.

Je dois dire que Sara a fait du bon boulot dans la salle au premier étage d'une MJC un peu miteuse située dans une rue résidentielle, près de Victoria Station. Elle fournit des snacks, des piles de vieux magazines, une présentation PowerPoint évoquant des artistes célèbres pratiquant le collage, que tout le monde dans la pièce semble déjà connaître, sauf moi. Elle fait preuve d'une personnalité beaucoup plus pétillante que d'habitude, et nous propose d'utiliser les matériaux qu'elle a mis à disposition, surtout des vieux magazines, pour réaliser un autoportrait. On devait aussi apporter nos propres magazines, et j'ai pris de vieux numéros de *Vice* qui traînaient chez moi depuis longtemps. Peut-être est-ce dû au type de matériau que j'ai utilisé, mais au moment de comparer nos autoportraits, le mien semble décontenancer tout le monde.

Alors que je regarde autour de moi, je vois des couleurs vives, des fleurs, des phrases inspirantes et je commence à transpirer d'embarras devant ce que j'ai créé : un portrait hyper glauque d'une femme avec un bâillon sur la bouche, les yeux couverts de formes découpées dans des articles sur la violence des gangs et les abus de stupéfiants. Quand Jamie, assise en face de moi, voit mon œuvre, elle a l'air… atterrée. Je pense que c'est le bon terme. Elle me regarde d'un air interrogateur, puis se met à rire.

Sara nous demande alors de détruire la première série d'autoportraits et d'utiliser les morceaux pour créer une seconde pièce. Si les autres personnes dans la pièce sont sceptiques, voire carrément opposées à l'idée de détruire leur travail, je m'engage dans cette tâche avec délice. Jamie rit de nouveau, puis le silence revient, seulement troublé par le bruit du découpage et du collage de nos autoreprésentations. Elle assiste alors à la création de mon second portrait, peut-être encore plus grotesque que le premier, dans lequel j'ai réussi à former ce que j'espère être des larmes de sang coulant d'un œil crevé par une balle.

J'ai cherché à rendre ma composition attractive en créant une jolie œuvre d'art, mais ce n'est pas le résultat attendu. C'est encore une fois déconcertant de voir la différence entre ce que j'ai réalisé et le travail des autres. Jamie étant ce qu'elle est, et voyant bien que je suis gênée, me dit combien elle aime mon collage et trouve qu'il est vraiment réussi. Elle ne s'attendait pas à cela, c'est tout, ne soupçonnant pas que j'avais cela en moi. Quand je lui réponds que je pensais que tout le monde avait ça en soi, elle me regarde, une fois de plus décontenancée, et est prise par le même rire que précédemment. Me voilà encore ramenée à l'idée que je suis différente, que je ne vois pas les choses comme les autres et que non, tout le monde ne renferme pas des choses horribles, ne voit pas les choses au travers du même filtre que moi, que mes collègues ne sont pas tous en train de travailler pour justifier le suicide comme je le fais, que je suis celle qui ne tourne pas rond. Je me rends compte que, même si je ne me suis pas délibérément cachée, Jamie n'a pas encore vu cette facette de moi, le vrai moi. Mais cela ne va pas tarder.

Et évidemment, cela arrive.

Elle me voit devenir irritable quand je refuse de parler de mon travail, même si elle me décrit comme une sainte à ses amis. Elle me voit lever les yeux au ciel en entendant parler les gens des bienfaits de la thérapie. Elle me voit quand je dis penser que nous sommes un mélange inextricable d'ingrédients bruts et de la méthode avec laquelle nous avons été cuisinés, et que parler avec un étranger payé une fortune ne va rien y changer.

Et bien sûr, elle perçoit des bribes de ce vrai moi dans mon attitude envers mon père, qu'elle prétend comprendre, même si c'est faux. Elle veut que je lui pardonne ou cesse de le voir. Et même si la seconde option est la plus réaliste, elle défend réellement la première. Dans ces conversations qui me semblent interminables, je perçois, moi aussi, la véritable Jamie. Une personne qui a appris les règles de la vie de famille grâce à la société, aux livres, à la télévision, aux films, et vu ces règles se confirmer dans son éducation. Une famille aime, prend soin, pardonne. Une famille est éternelle, le sang est plus épais que l'eau, etc, etc, etc. C'est difficile, voire impossible pour quelqu'un comme Jamie, d'envisager qu'il y ait d'autres familles où ces règles générales ne s'appliquent pas et ressemblent même à de mauvaises blagues. Je n'ai jamais eu à expliquer cela à Jamie. Je n'ai pas besoin ou envie qu'elle devienne comme moi. Ce serait tragique. Mais elle cherche à ce que je devienne semblable à elle et au reste du monde. Fatalement, ces conversations se multiplient.

« Pourquoi tu t'infliges ça ? » dit-elle. « Pourquoi tu ne peux pas pardonner à ce vieil homme désormais inoffensif et profiter du temps qu'il vous reste à passer ensemble ? Pourquoi est-ce que tu te tortures en allant le visiter et en prenant soin de lui, alors que tu t'en fiches ? »

Je ne vois pas quelles réponses lui donner pour l'aider à me comprendre, sans avoir à vivre la même existence que celle que j'ai depuis la naissance.

Donc, je ne dis rien. Et elle arrête de m'en parler et de me poser ces questions. Elle ne me voit plus, plus après avoir découvert cette partie de moi qu'elle ne peut pas ignorer. Parce que quand vous êtes Jamie et que vous avez découvert la vie dans une famille toute de chaleur et d'amour qui est toujours à vos côtés, que vous émanez de ces sentiments et de ce cadre au quotidien, le fait est que vous, Jamie, n'êtes pas capable de contenir toute cette chaleur et tout cet amour. Vous essayez de les transmettre à la personne que vous aimez, qui l'apprécie, et vous êtes heureuses ensemble. Mais il y en a trop pour une seule personne et vous avez besoin de rendre le monde meilleur en donnant naissance à de nouvelles personnes aimantes et baignées de chaleur comme vous.

Voici ce que j'apprends sur Jamie. Oui, elle est gay. Mais elle ne va très certainement pas laisser cela l'empêcher d'avoir des enfants. Elle le découvre en même temps que moi, puisque nous nous rencontrons à l'âge de vingt-cinq ans, et les enfants ne font alors pas partie de la conversation. Quand le sujet se présente, je dis que je ne veux pas en avoir. Elle n'est pas sûre. Quand nous passons la barre des trente ans et que certains de nos amis commencent à devenir parents, sa position évolue. Et ce d'autant plus que certains de nos amis gays se mettent à parler d'avoir des enfants ou passent carrément le cap. Ils sont généralement un peu plus âgés que nous, leur vie suivant une *timeline* queer, un peu décalée par rapport à celle des hétéros. Leurs histoires de FIV réveillent chez Jamie quelque chose que je n'ai jamais vu auparavant.

Il apparaît qu'elle a toujours pensé qu'elle aurait des enfants et que je changerais d'avis en vieillissant. Difficile de me mettre ça sur le dos, non ? Pourtant, j'ai l'impression que je suis fautive, parce que n'importe qui de normal aurait effectivement changé d'avis en prenant de l'âge, mais moi, j'ai juste fait perdre son temps à Jamie. Nos ovaires commencent à avoir des cheveux blancs, on voit apparaître des rides sur nos corps. Et il est clair que ces derniers ne nous attendront pas indéfiniment. Imaginant que je suis simplement immature, elle tente de me faire peur en me montrant des courbes trouvées en ligne qui montrent une chute de la fertilité féminine à partir de trente-cinq ans. Elle essaie de m'aider en affirmant que ma réticence à fonder une famille vient du manque de modèles queers. Elle suggère ensuite que mon malaise pourrait venir d'une possible dysphorie de genre liée au fait de devenir *mère* et m'encourage à simplement imaginer que je serais *parent*. J'essaie de l'écouter. De m'ouvrir à elle. Effectivement, sans modèle à suivre, il peut être difficile de rassembler la confiance nécessaire pour fonder une famille queer dans un environnement possiblement hostile. Et personnellement, je ne peux pas imaginer de chose féminine plus inquiétante que de porter un enfant : ce serait comme être forcée à porter une robe de mariée en dentelles et des talons hauts, mais à l'intérieur de mon utérus, pendant neuf mois.

Simplement, ce n'est pas moi.

Et ce ne sont pas les raisons de mon refus.

Ou du moins pas les seules ni les principales.

J'essaie d'expliquer à Jamie que si je devais avoir les enfants de quelqu'un, ce serait les siens. Mais que je ne serais pas à son niveau comme parent. Je lui dis que j'ai des mauvais gènes, des mauvaises expériences de vie que je ne veux pas transmettre, que ce serait injuste et qu'elle ne pourrait pas supporter de donner naissance à un enfant qui soit une partie de moi. Je lui dis aussi que le pire pour moi serait de devenir mon père pour quelqu'un d'autre et que je ferais n'importe quoi pour l'éviter. J'essaie de lui expliquer qu'aucun enfant ne mérite de m'avoir. Je crois que je réussis à me faire comprendre, parce qu'après un an de conversations sur le sujet, elle accepte le fait que je ne changerai pas d'avis. Elle décide qu'elle est d'accord, car si elle désire un enfant, elle désire davantage rester avec moi.

Génial hein ? C'est moi qui ai gagné.

Mais si je gagne, cela signifie que Jamie perd. Et son enfant pas encore né et le reste du monde seront aussi perdants. Parce que l'univers a besoin de plus de gens comme elle, de grains de café qui rendent la vie plus belle, et qu'elle ferait une putain de mère fantastique. Je ne veux pas être la personne qui la prive de ça.

Comment faire ? J'ai les mains liées.

Donc je continue de rendre visite à mon père. Et quand je rentre à la maison, je m'assois seule dans mon pyjama décoré de koalas et je mange des céréales pour le dîner. Et il n'y a personne d'autre que moi-même pour me demander pourquoi je m'inflige ça.

# *Un jour noir*

*Jamie a touché juste. Elle est magnifique, mais pas trop, portant un bouquet de fleurs, élégant, mais pas trop. Bien joué, Jamie.*

*En général, je ressens sa présence dès qu'elle arrive quelque part. J'ai comme un sixième sens la concernant. Elle change l'air de la pièce où elle rentre. Est-ce son odeur ? Ses phéromones ? La réaction qu'elle provoque chez les autres ? Quoi que ce soit, d'une certaine manière, les choses deviennent plus douces quand elle est dans le coin.*

*La voici à présent. Elle est venue pour moi, pour me soutenir. Aujourd'hui, je vois la présence de Jamie, son soutien. Mais je ne les ressens pas. Je les conscientise. C'est gentil qu'elle ait apporté des fleurs, je crois. Mais ce n'est pas agréable. Il n'y a plus rien d'agréable.*

# Un frère

Quand on était enfants, mon frère Rob et moi jouions ensemble. Je dirais même que nous étions bons amis. Il a quatre ans de moins que moi et même si je le taquinais, le chatouillais et disais des choses délibérément méchantes pour l'embêter, j'étais une grande sœur très protectrice. Une fois, j'ai cassé une dent à quelqu'un pour Rob. Celle d'un garçon qui avait un an de plus que moi. J'avais vu rouge en apprenant qu'il martyrisait mon frère. Je ne voulais pas lui casser cette dent, bien sûr. J'étais simplement en train de lui dire d'arrêter de s'en prendre à un gamin qui avait cinq ans de moins que lui, comme un lâche. Je le poussais en même temps, pour mettre un peu d'emphase dans ce que j'expliquais et lui montrer qu'il fallait me prendre au sérieux. Je l'ai bousculé un peu plus fort et il est tombé sur un vélo posé sur le sol, s'est cogné le visage sur le guidon et s'est enfui en pleurant, en sang et avec une dent en moins, donc. Il m'avait semblé que ma démonstration avait été efficace. Je n'avais pas cherché à infliger un dommage si permanent, mais j'avais dû affronter ce gamin et tous ses copains pour qu'ils laissent Rob tranquille.

Quand je repense à notre enfance ensemble, avant que je ne devienne une adolescente sombre et avant la naissance de notre petite sœur, je vois un brouillard de soleil, de chaleur, de glaces, d'escalade dans les arbres, de batailles d'eau, de constructions de cabanes et d'histoires qu'on se racontait. Je sais que ça n'a pas dû être tout le temps comme ça, on avait l'habitude de se battre, et puis on vit en Angleterre, il ne devait pas y avoir tant de soleil que ça. Mais c'est comme ça que je me rappelle ce temps passé avec lui.

Un jour d'été de notre enfance m'a particulièrement marquée. J'ai neuf ans et Rob cinq. Ça doit être le week-end parce que mes parents sont tous les deux à la maison et mon père a passé la journée à crier sur ma mère. Ce n'est pas inhabituel, mais ce jour-là, il fait plus de bruit, rendant difficile pour nous de nous concentrer sur nos jeux. Comment peut-on être des Power Rangers sauvant le monde de Rita Repulsa et Lord Zedd si notre père est enragé et notre mère en larmes ? En tant que metteuse en scène de nos jeux, j'essaie de faire de mon mieux, mais j'ai du mal à garder le fil narratif. Toujours pleine de ressources, je décide de créer un jeu de rôle incorporant la dispute de mes parents. Nous ne sommes plus des Power Rangers, mais la progéniture malchanceuse d'un mariage violent et malheureux. Je me félicite pour mon imagination phénoménale. Dans ce nouveau jeu, nous organisons notre fuite de la maison pour supporter ce qui se passe dans notre vie. C'est sacrément sérieux de planifier tout ça et on passe beaucoup de temps à mettre au point une stratégie, choisir notre route pour nous échapper et dresser une liste d'objets à emporter. Une fois que nous avons réalisé tout cela, nous commençons à collecter lesdits objets comme nous pouvons. Un morceau de ficelle jamais utilisé devient une corde. Un paquet à moitié mangé de comprimés de glucose pour diabétiques et des barres au sésame trouvées dans le même tiroir deviennent nos repas déshydratés d'astronautes pour un mois afin de nous aider à traverser les moments difficiles. Nous remplissons un sac à dos avec notre butin pour ce qui promet d'être un voyage éreintant et périlleux. Nous prévoyons de prendre nos vélos et rouler vers un bois voisin pour y construire une cabane et y vivre. Si on se lasse de cet endroit, ou si on entend parler d'autres enfants sauvages dans des bois plus accueillants, alors on pourra déménager. Notre foyer sera là où nous poserons nos casquettes des Tortues Ninja. Il y a bien un bois où nous sommes allés avec nos cousins, mais bien sûr aucun de nous ne sait comment s'y rendre sans voiture et sans notre tante pour nous y conduire. Mais ce n'est pas un problème, car nous savons comment aller à l'épicerie du coin, là où nous achetons nos bonbons. Nous prévoyons de nous y rendre pour demander à M. P. de nous indiquer le chemin pendant que nous achèterons des aliments de première nécessité pour notre vie sauvage, comme des boules mammouth ou des cocas qui piquent pour moi – j'ai longtemps suspecté que l'ablation des végétations et la pose d'aérateurs quand j'étais enfant m'avaient laissée avec un goût déformé et une appétence pour les saveurs qui font monter les larmes aux yeux des autres – et des bonbons bananes pour mon frère, qui a des préférences plus terre à terre et des végétations intactes. M. P. connaîtra sûrement le chemin et on est sûrs que quelques pennies en plus l'empêcheront de nous dénoncer et l'encourageront à détruire la vidéo de surveillance avant que la police n'arrive.

Quand une accalmie assez longue dans les cris de nos parents nous assure d'être en sécurité et qu'aucun d'eux n'est près de la porte d'entrée, nous en profitons pour partir à la conquête de notre nouvelle vie. Nous sortons par la porte de derrière pour ne pas attirer l'attention, mais dès que nous arrivons dans l'allée, nous comprenons pourquoi les choses sont si calmes. Notre mère est assise, appuyée contre le mur, les genoux soutenant son menton.

On a été attrapés et notre plan parfait tombe à l'eau.

Sauf que je réalise que sa tête est penchée vers le sol et qu'elle est si absorbée par ses pleurs qu'elle ne nous remarque même pas. Je me rassure : même si elle nous voit, elle ne connaît pas notre plan génial pour devenir des enfants sauvages vivant dans les bois. Elle sait simplement que nous sommes en train de jouer. Je chuchote à mon frère de rester naturel et essaie moi-même de suivre ce conseil. Je passe devant elle en pédalant, tourne dans la rue, avec Rob pas loin derrière. J'accélère et dévale la pente, mon frère peinant à rester à mon niveau. Je ne cesse de me retourner pour voir si ma mère, ou pire, mon père – pourvu que ce ne soit pas mon père – nous court après. Mais il n'y a personne. Je tourne à gauche dans la rue en faisant un dérapage, envoyant presque mon frère, qui essaie de suivre, dans le décor.

« Allons-y avant qu'ils nous rattrapent », dit-il, ne comprenant pas que nous ralentissions dans notre fuite si parfaite. Je jette un coup d'œil au coin de la rue, certaine qu'ils vont venir nous chercher. Toujours rien.

« On doit rentrer », je déclare, quand il est clair que personne ne nous cherche. L'image ne me quitte pas ; ma mère en train de pleurer en chemise de nuit, assise sur le sol dégoûtant, le même où elle nous reproche en nous criant dessus de jouer avec des cloportes, des fourmis et des vers de terre. Nous devons rentrer pour être avec elle. Nous sommes ses enfants et elle a besoin de nous. L'aider, c'est ça notre mission. Et puis, me tombe dessus le fait que nous n'avons pas pris de vêtements chauds. En plus, je n'ai plus très envie de dormir dans les bois, où il y a sûrement plus d'hommes louches que d'enfants sauvages. Mon estomac commence à gargouiller et j'ai envie de manger autre chose pour le dîner que des bonbons.

« On doit rentrer pour Maman. »

« Non, s'il te plaît », dit Rob.

Il ne comprend pas notre abandon et ne voit pas pourquoi voir notre mère en train de pleurer change quoi que ce soit. J'essaie de le lui expliquer, mais seulement d'une manière distante et dédaigneuse, sachant très bien que je n'ai pas besoin de le convaincre. Je suis la cheffe dans nos jeux et il me suivra où que j'aille. Je rentre vers la maison, mon frère roulant à côté de moi tout en me suppliant de faire demi-tour. Il semble que ce n'était pas une accalmie. La bataille est terminée pour aujourd'hui. Rob ne me parle pas de la soirée et va se coucher tôt. Quand je passe devant sa chambre, je jure que je l'entends pleurer.

Le lendemain, tout va bien et on renoue avec notre amitié en allant frapper chez Nicholas, qui vit quatre numéros plus loin. On lui demande si on peut se baigner dans sa piscine gonflable et se déguiser à l'aide de la vieille malle de sa mère, remplie de costumes et de bijoux, le comble de la sophistication pour Rob et moi.

On ne reparle jamais de ce jour et de l'abandon de notre plan d'évasion. Je n'y ai plus pensé pendant des années ensuite. Mais aujourd'hui, je considère que cet événement est important. Un symbole. Après réflexion, je réalise que Rob était trop jeune pour comprendre qu'il s'agissait d'un jeu, que nous n'allions jamais devenir des enfants sauvages, que le plan et nos personnages étaient fictifs. Ces enfants assez courageux pour quitter leur maison remplie de souffrance en quête d'une vie meilleure, assez forts pour se construire une vie heureuse ensemble, ils n'existaient pas non plus. Je pense aujourd'hui que Rob a pleuré ce soir-là comme je l'aurais fait si j'avais vraiment pensé, convaincue par une personne en qui j'avais confiance et que j'admirais, que je pouvais échapper à mon destin, avant d'être si brutalement sortie de mon rêve.

Je ne sais même pas si Rob se souvient de cet incident. Je pourrais le lui demander, mais on ne se parle plus beaucoup, de rien d'important en tout cas. Quand je rends visite à ma mère chez elle, où Rob qui a désormais trente et un ans vit toujours, il essaie de se cacher de moi. Je ne le prends pas personnellement, il s'isole de tout et tout le monde. Il a laissé pousser sa barbe, ses cheveux et porte des lunettes épaisses. Les gens de l'extérieur prennent le look de Rob comme une tentative d'être branché, mais je le vois comme une manière de construire des barrières entre lui et le reste du monde, dont il veut se cacher. Il passe la plupart du temps dans sa chambre, dont le seuil est un portail spatiotemporel entre la maison en pagaille mais plutôt banale de ma mère et un repaire de drogués. Le matelas de Rob est posé sur le sol, entouré de mégots de cigarettes, de papier à rouler et de ces petites bonbonnes métalliques de gaz hilarant qu'on voit joncher les rues. Mais il n'y a pas de rires flottant dans cette atmosphère.

Contre le mur est posée une guitare dont personne n'a jamais joué, que mes parents ont achetée quand Rob a voulu être musicien. À côté, on trouve des platines à peine utilisées datant de sa phase DJ, incroyablement courte, et des bombes de peinture datant des jours où il a eu des velléités d'artiste visuel. Il y a aussi des chaussures de travail qui prennent la poussière, offertes par un voisin espérant qu'il l'aide sur un de ses chantiers. Ce qu'il n'a jamais fait. Il y a aussi un bureau abîmé et couvert de rayures, peut-être lié à sa phase poète ou à un vague espoir de devenir webdesigner, il y a bien longtemps. Ce meuble sert désormais de podium pour exposer ce que mon frère a produit dans sa vie : des canettes de bières vides, des miettes de marijuana et des emballages de sandwichs. Malgré l'existence de ce taudis, lors des rares occasions où Rob s'aventure dehors, il y a une foule de jeunes femmes attrayantes et intéressantes, incapables de résister aux grands yeux de bébé, aux mèches blondes et sales et aux manières taciturnes de mon frère. Il m'est arrivé d'en croiser deux sortant de sa chambre au fil des années, visiblement et inexplicablement pas déroutées par ce bazar invraisemblable. Elles veulent s'occuper de Rob, je crois, l'aider à s'ouvrir, mais il ne les laisse pas faire et consomme les femmes aussi vite qu'un pack de bières. Peut-être que je donne l'impression que c'est drôle, mais Rob n'a jamais l'air de s'amuser.

Quand je rends visite à ma mère, comme aujourd'hui, Rob ne se montre pas. Je m'assois dans le salon au milieu de la pagaille dont j'ai parlé plus haut. Derrière nous, il y a trois chaises à fleurs empilées et posées sur un canapé assorti, qui viennent de la maison de ma grand-mère, vidée à sa mort dix ans auparavant. Le mobilier nous observe comme un jardin de tapisserie aux couleurs criardes, alors que nous buvons du thé assises sur un des trois autres canapés disposés dans une pièce qui peut déjà difficilement en contenir un seul. Deux de ces canapés proviennent du déménagement de ma tante, partie vivre à l'étranger vingt ans auparavant, et déjà démodés à l'époque. Quand je veux poser ma tasse, j'ai le choix entre deux tables basses – une appartenant à ma tante, l'autre achetée par ma mère, il me semble. Je choisis plutôt la table d'appoint sur le côté, rebut d'un voisin si je me souviens bien. Un partenaire raisonnable pour les deux autres tablettes posées à côté de ma mère. Elles tranchent totalement avec celle héritée de ma grand-mère, dans un autre coin de la pièce. Jamie affirmait qu'elle adorait cet endroit. Je la taquinais en lui disant que cet endroit lui plaisait à cause de ses airs de dépotoir aux allures d'œuvre d'art conceptuelle. Elle se sentait coupable jusqu'à ce que je l'embrasse sur le front et lui dise que c'était pour rire. J'adorais qu'elle adore cette maison, qui était tout sauf adorable. Car j'aurais eu honte d'inviter la plupart des gens ici, même si je ne faisais plus attention au bazar. Ces empilements de meubles et d'objets peuvent être oppressants. Le truc c'est de ne pas les regarder et de se concentrer sur les intervalles où il est possible de se mouvoir. À ce moment-là, si ce n'est pas une maison adorable, elle est au moins vivable.

Ma mère me parle de sa dernière visite chez le médecin, dont elle est une des patientes les plus fidèles. Le stress souffert à cause du comportement de mon père lui a fait développer une maladie auto-immune : la polyarthrite rhumatoïde. Ses articulations sont gonflées, ses mains et ses pieds déformés, car son corps s'est mis à ronger ses articulations. Comme ce sont des parties très importantes pour bouger et vivre, cette maladie n'est pas très drôle.

Elle est furieuse car le médecin l'a ignorée. Il est vraiment très mauvais, mais elle refuse d'en changer, et ce malgré le grand nombre d'autres cabinets dans le quartier. Son habitude malheureuse de rester coincée trop longtemps avec les mauvaises personnes. Au-dessus de moi, à l'entresol puis dans l'escalier, je crois que j'entends mon frère détaler comme un rat. Rappelez-vous, ils ont plus peur de vous que l'inverse. Est-ce bien le cas des rats ? Ou des araignées ? Je n'en suis pas sûre. Quoi qu'il en soit, je soupçonne qu'il s'agit de Rob. Si je finis par le croiser, son arrogance est presque aussi forte que l'odeur de cannabis qu'il dégage. Il ne dit pas bonjour, à moins que je le salue en premier et même alors il y a 50 % de chances qu'il ne réponde pas et toutes mes autres tentatives de conversation sont chassées de la main comme une grosse mouche agaçante.

Il est tentant de renouer avec la dynamique de notre enfance, de lui mettre une claque derrière la tête et de courir vers Maman pour me plaindre de sa grossièreté. Mais je me souviens que personne d'heureux ne se comporte comme Rob. Personne d'assez confiant pour agir de manière aussi arrogante n'a la même vie que mon frère. Celle-ci est soutenue par les plaquettes d'antidépresseurs qui viennent un peu trop souvent accompagner l'automédication réalisée dans sa décharge. Donc, je ne le frappe pas derrière la tête et je ne lance pas comme sujet de conversation le fait qu'il soit malpoli. Je fais comme si de rien n'était. Et ça ne ressemble souvent à rien, en effet. C'est juste lui. Quand tout cela a commencé, quinze ans plus tôt, j'ai eu le cœur brisé. Mais aujourd'hui, je suis habituée à ce Rob-là. C'est l'homme qu'il est devenu.

Aujourd'hui, assise avec ma mère, je réfléchis à l'idée de piéger Rob dans la cuisine, de lui dire qu'il ne peut pas s'échapper si facilement et qu'il doit dire bonjour à sa grande sœur. Mais pour une raison qui m'échappe, je ne crois pas être capable d'affronter son inévitable dédain. J'aimerais que l'on puisse régresser. Pas seulement pour le taper derrière sa stupide tête. Je voudrais qu'on puisse redevenir ceux que nous étions vingt-cinq ans plus tôt. Je voudrais me rappeler, même juste le temps d'une conversation, combien nous étions alors proches. Je pourrais lui dire que je me rappelle la sensation de sa petite main potelée et collante dans la mienne, en marchant vers l'épicerie du coin, l'aidant à grimper une clôture, le relevant après une chute. Je me souviens de ses mains beaucoup mieux que des miennes. De sa petite tache de naissance violette sur la droite, où la peau a toujours été plus épaisse et dure, de ses ongles rongés jusqu'au sang. Je pourrais lui demander si les frères et sœurs ont encore le droit de se tenir la main à l'âge adulte et s'il pense qu'on se prendra par la main encore une fois dans notre vie. Cela semble impossible, une chose presque obscène. Je lui dirais à quel point cela me rend triste. Je lui demanderais s'il se rappelle le jour où j'ai cassé la dent du garçon qui le martyrisait pour le défendre. Et je m'excuserais de ne pas l'avoir sauvé de celui qui l'a le plus martyrisé dans sa vie, celui qui nous a tous définis. Je m'excuserais de ne pas m'être enfuie avec lui, de ne jamais avoir réellement pensé à m'échapper. Et de lui avoir fait croire qu'une vie meilleure était possible. Voilà peut-être ce qui nous a définis. J'ai toujours su que personne ne pourrait me protéger et résoudre ma situation d'une manière magique. J'ai toujours accepté mon monde exactement comme il était. Ça a l'air déprimant, ça l'est sûrement, mais cette acceptation m'a permis de faire au mieux avec ce que j'avais. Je n'ai pas eu d'autre choix. J'ai simplement regardé les intervalles où je pouvais bouger et avancer, et je les ai empruntés. Mais peut-être ai-je fait croire à Rob que les gens ont des protecteurs, que les méchants peuvent être arrêtés, qu'il pouvait être sauvé. C'est peut-être pour ça qu'il se cache dans sa chambre : il attend que quelqu'un vienne à son secours arranger les choses.

Je me morfonds et je suis morose. Ces conneries n'ont pas d'importance. Même si je le coinçais dans la cuisine et le forçais à me parler, je ne lui dirais rien de tout ça. Je ne sais pas pourquoi moi, j'arrive à fonctionner à moitié normalement après notre enfance mais Rob pas du tout. Je suis l'anomalie. Je suis celle qui s'est échappée de la zone de guerre et qui en ressort seulement avec la peau qui gratte et un cœur de pierre. Les blessures de Rob sont beaucoup plus symptomatiques du genre de batailles que nous avons vécues. De ce que je vois, il n'y a qu'une chose que j'aurais pu faire pour prévenir ce qui nous est arrivé. J'aurais pu laisser mourir la cause de nos malheurs quand j'en ai eu la chance. Peut-être que c'est de ça que je peux m'excuser auprès de Rob.

Mais ce n'est pas si simple.

# *Un jour noir*

*Je ne peux pas me rappeler la dernière fois où j'ai vu Rob porter un costume. Peut-être à la remise de diplôme de Freya ? Je me demande quel âge a celui-ci. Vu la manière dont il lui va, je pense qu'il est vieux. C'est probablement une tenue achetée à l'adolescence, pour le mariage de quelqu'un, le bal de fin d'année ou en vue d'entretiens d'embauche que mes parents espéraient voir se matérialiser. Ce n'est pas qu'il est trop petit. C'est ce qu'il révèle. Il est trop grand, comme quelque chose qu'on achète avec une idée de croissance en tête, celle qui n'est finalement jamais venue. Mais il a l'air beau. Et intelligent.*

*Il n'était pas nerveux à l'idée de parler devant tous ces gens. Il n'avait pas besoin de l'être. Quand son tour arrive, il lit ce qu'il a écrit avec force, calme, douceur et clarté. Plus il avance, plus ses mots sont brutaux.*

*« … racontait toujours de bonnes histoires... ne peux pas le croire... je voudrais pouvoir changer les choses... j'aurais voulu l'aider plus... »*

*Je pensais que j'étais déjà brisée, mais ses mots trouvent de nouvelles choses en moi et ils les fracassent.*

# Une soeur

Mes parents ont divorcé quand j'avais vingt-quatre ans. C'était une expérience surréaliste, quelque chose que je ne pensais pas possible et pour être honnête dont je n'avais même jamais osé rêver. Mais ma mère a fini par y arriver. Elle s'est battue. Elle a perdu de l'argent, du poids, et du temps pendant deux années épuisantes, mon père résistant de toutes les manières possibles et imaginables. L'expérience a été totalement horrible et a paru interminable. Mais elle y est parvenue. Pourquoi ne l'a-t-elle pas fait plus tôt ? J'entends d'ici les reproches de ceux qui n'ont jamais vécu ce genre d'abus. Aussi violent, ivre et ignoble qu'ait pu être mon père au moment de leur divorce, il était beaucoup plus énergique dans sa folie et sa violence étant plus jeune. Ma mère n'a jamais cessé de penser qu'il nous tuerait, elle et ses enfants, si elle le quittait. Elle a fini par comprendre que cette probabilité était moins importante avec l'âge. Même avec cette baisse de risques, si elle n'avait pas été indépendante financièrement et couronnée de succès dans son travail, sans parler d'être sacrément maline, elle ne serait jamais arrivée à se séparer de lui. Je ne sais pas comment les victimes de violences conjugales parviennent à s'échapper. J'imagine que peu d'entre elles y arrivent, mais nous devons aider de toutes les manières possibles celles qui réussissent, car elles ont en elles plus de courage, de persévérance et de détermination que n'importe qui d'autre.

Au moment du divorce, j'avais donc vingt-quatre ans et j'avais déjà quitté la maison depuis six ans, évitant autant que possible d'y retourner. Malgré cela, l'impact de la séparation a été énorme.

Je pouvais désormais rendre visite à ma mère, qui est très casanière, sans avoir peur. Je pouvais passer Noël chez moi sans craindre de perdre le sommeil durant des vacances censées être reposantes. Et je pouvais revenir ensuite au travail sans avoir besoin de mentir, honteuse, sur ce qui s'était passé en famille pendant les vacances. Je pouvais desserrer les vis. Pas totalement, car mon père, ivre, continuait de faire des visites agressives et impromptues malgré l'ordonnance lui interdisant d'approcher. Mais je pouvais me détendre parfois. Et ce fut une révélation.

Je suis toujours marquée par la façon étrange dont les gens ont répondu à l'annonce du divorce. Je dois me souvenir que nous ne pouvons réagir qu'en nous basant sur ce que l'on connaît et nos expériences. Étant donné ce que je connais et ce que j'ai vécu, je suis toujours surprise quand les gens sont tristes ou expriment de l'empathie. Quand ils baissent la tête et expriment leurs condoléances. Les collègues de ma mère, en apprenant la nouvelle, ont pris sa main et demandé comment les enfants prenaient la chose. Quand elle m'a raconté ça, j'ai eu quasiment la même réaction qu'elle : j'ai été prise d'un fou rire. Quand je parle du statut marital de mes parents et qu'on m'offre en retour un regard plein de compassion, j'essaie d'expliquer qu'il y a des enfants, probablement énormément d'enfants, dont le vœu le plus cher est que leurs parents divorcent. Mais ça tombe toujours à plat. Peut-être ai-je l'air de surcompenser pour cacher ma vraie tristesse ? C'est sûrement difficile à comprendre pour ceux qui viennent d'une famille à moitié heureuse, mais certains divorces ne laissent pas les enfants dans la souffrance. Ils y mettent fin.

Je peux seulement imaginer ce que j'aurais ressenti si ce divorce était arrivé pendant mon enfance. Mon hypothèse est que si j'avais passé moins de temps avec mon père, j'aurais été plus normale et mieux développée. Mais peut-être que je me trompe, car ce n'est pas ce qui s'est passé avec ma sœur Freya. Elle est la complication qui vient mettre du désordre dans ce qui aurait pu être simplement le classique « plus grand regret de ma vie ». Le bébé de la famille a dix ans de moins que moi. Elle est arrivée bien après la tentative de suicide de mon père, empêchée par mes soins. Pas de Papa égal pas de sperme de Papa égal pas de Freya. Compliqué.

Freya a été libérée à quatorze ans au moment du divorce de mes parents. Elle a ressenti le même soulagement que moi, le même souffle exhalé après avoir retenu sa respiration trop longtemps. Pourtant, cela ne semble pas lui avoir fait beaucoup de bien. Ne vous méprenez pas, Freya n'est pas comme Rob. Elle arrive à fonctionner et se tenir sur ses deux pieds. À peu près. Elle communique avec des mots plutôt que des grognements. Mais elle ne tient qu'à un fil. Ou plutôt une pilule, une poudre, un verre. Elle reste à flot grâce à une combinaison de dettes de cartes de crédit, d'emprunts à notre mère et d'une accumulation de jobs temporaires, qu'elle quitte quand ses employeurs se rendent compte qu'elle ne fait pas grand-chose de plus que dormir dans leurs toilettes pour se remettre d'une longue nuit. Aujourd'hui Freya m'a invitée dans un club où son ami fait le DJ. Ayant trente-cinq ans et, pour être honnête, la résistance d'une femme de cinquante-cinq, je suis extrêmement flattée d'être considérée comme assez jeune et fun pour être invitée. Bien sûr, sa proposition est probablement motivée par son manque d'argent et son envie que sa grande sœur paie ses boissons, mais je prends ce que Freya me donne.

Nous arrivons au club et commandons deux Espresso Martinis (« un acheté / un offert »). Freya rayonne, après avoir passé la journée entière à se préparer pour la soirée. De mon côté, je suis venue directement du travail et mon visage fatigué indique que j'ai davantage besoin du shot de café contenu dans le cocktail que du mauvais alcool qui l'allonge. Nous nous asseyons dans un coin de ce club plutôt branché et plongé dans le noir et commençons par échanger quelques nouvelles barbantes de nos boulots respectifs avant d'en venir aux souvenirs d'enfance. Pour être plus exacte, je parle de notre enfance car Freya est trop jeune pour avoir vécu la majorité des événements que j'évoque. Elle ne peut pas se souvenir par exemple que j'étais celle qui l'emmenait et allait la chercher à l'école pendant très longtemps, avant de partir pour l'université. Elle n'en a simplement aucun souvenir. Cela devient une blague récurrente entre nous, Freya m'accusant de mentir et de me donner le beau rôle. Elle s'enfonce dans la banquette et rigole en voyant ma frustration surjouée. C'est une routine familière qui fonctionne particulièrement bien quand nous sommes dans une foule de gens. Mais ma partie de ce petit jeu est un double bluff. Je suis à la fois frustrée et blessée. Je l'ai accompagnée et je suis allée la chercher tous les jours, arrivant moi-même souvent en retard en cours et renonçant aux propositions amusantes faites par mes amis après l'école. J'ai changé ses couches, je me suis assise dans son parc avec elle, j'ai fait des bonshommes de neige et frotté ses mains quand elles devenaient glacées pour qu'elle ne pleure pas. J'étais une écolière à côté de ses peluches quand elle voulait jouer à la maîtresse, j'étais une cliente affamée de chips quand elle voulait tenir une épicerie, j'étais la main qu'elle tenait la nuit quand mon père était décidé à ne laisser personne dormir, j'étais la grande sœur qui la rendait fière quand j'allais la chercher aux anniversaires. Ces souvenirs veulent dire quelque chose pour moi, mais Freya s'en rappelle à peine. Ça semble si injuste parfois que quand elle me taquine et prétend que je mens, je secoue la tête et me mords la lèvre, dans une parodie de douleur où j'ai vraiment mal dans la poitrine. D'autres fois, j'ai l'impression qu'elle a raison et que rien de tout cela n'est arrivé ou alors à une petite fille différente, si éloignée de cette personne qui me fait face. Est-ce cela que les parents ressentent ? Ces souvenirs ont-ils quitté la maison avec moi, alors que Freya était encore très jeune ?

Bref, nous sommes à cette soirée, jouant notre petite routine, ma poitrine me fait un peu mal et les verres vides s'empilent. Freya est en grande forme, radieuse et me regarde. Je me sens spéciale et désirée, même si elle ne cesse de chercher les gens qu'elle attend, censés arriver bientôt. Elle se moque de moi, tout en me faisant rire, me rendant heureuse d'être en sa compagnie. Quand nous sommes finalement rejointes par les autres, sa lumière a grandi et elle enfile le costume de la personne sûre d'elle, celui qu'elle porte toujours quand elle est ivre et en société, comme si elle était la personne la plus heureuse du monde. Elle rayonne de manière positive et attire les gens vers nous. Je fais de mon mieux pour refléter sa lumière alors qu'elle me présente à une longue liste de collègues de son dernier job, l'endroit où elle a rencontré le DJ, lui aussi intérimaire. Je vois combien elle est fière et brille un peu plus chaque fois qu'elle me présente, comme si le nombre de gens qu'elle rencontrait augmentait sa valeur. Mais son charisme ne m'empêche pas de me rendre compte que je n'ai jamais croisé deux fois la même personne avec Freya. Je me suis souvent dit que si elle avait le choix, ce qui est souvent le cas, elle ne verrait jamais personne plus d'une fois, simplement heureuse de briller le temps d'une nuit et de passer à la suivante.

Quand Freya est partie voyager en Asie et en Australie après l'université, elle m'a beaucoup impressionnée ; nouvellement diplômée, cette jeune femme, le bébé de la famille, partait découvrir le monde et vivre des aventures. Je me suis dit alors (et continue de le faire) que je pourrais voyager seule, faire un court séjour, mais n'en avais simplement pas envie. Je n'étais pas sûre que ce soit vrai alors, et je le suis encore moins aujourd'hui. Sa démarche était incroyable pour moi, la preuve que ma petite sœur était devenue une femme, plus courageuse que je ne le serais jamais, et l'idée que j'aie pu aider à la modeler me remplissait de fierté. La chaleur de cette fierté ne m'a pas empêchée d'essayer de comprendre ses histoires à son retour, car la chose dont elle s'est le plus vantée, mis à part les dangereuses doses de substances psychotropes et de soleil dont elle avait profité, c'est son plaisir à ne passer que quelques jours au même endroit. Elle était extatique quand elle évoquait voguer de personne en personne, adorant jouer un rôle pendant quelques jours, avant de partir pour une autre destination et une autre destinée, sans que personne ne le sache. Elle n'arrivait pas à comprendre pourquoi cela ne me donnait pas envie de faire mes propres plans et partir en voyage. Et je ne comprenais pas de mon côté pourquoi elle avait ce besoin de se faire passer pour quelqu'un d'autre. Je l'ai d'abord mis sur le compte de son âge – n'avons-nous pas besoin d'expérimenter différentes identités durant notre jeunesse ? Ne cherchons-nous pas à faire plaisir aux autres et à en être acceptés ? Mais Freya n'est jamais sortie de cette démarche. Elle aime toujours faire une première impression incroyable, puis disparaître. Ma mère, mon frère et moi sommes peut-être les seules constantes dans sa vie. Les seules que je connaisse en tout cas. Et j'ai toujours l'impression qu'elle veut se débarrasser de nous aussi. Elle accepte seulement des gens qui la voient telle qu'elle est ce soir, dans ce club. Des gens qui la voient flotter comme un ange éméché, percevant seulement la surface. Qui la voient et ne peuvent s'empêcher de sourire. Ma poitrine me fait encore plus mal quand je pense à ça, parce que même si elle se tient à côté de moi en me souriant et que nous partageons une très belle soirée, elle n'est jamais loin d'une porte ouverte, déracinée, prête à partir à tout moment. Et je ne veux pas qu'elle parte.

Dans un rare moment de calme, où nous sommes assises seules, probablement parce que tous les autres sont sur la piste de danse, aux toilettes, au bar ou dans le fumoir, Freya détourne mon attention d'elle-même et me parle de Jamie. Elle me dit qu'elle ne sait pas pourquoi, mais elle a l'impression qu'elle doit être très, très, trrrrrrrès honnête à cet instant. Je lui dis que c'est probablement à cause de la vodka et du Kahlúa. Elle me répond que je suis horrible, que je dois me taire et l'écouter, car elle a quelque chose à me dire. Elle sent qu'elle peut me parler maintenant qu'assez de temps est passé, bien sûr elle n'aurait jamais osé sur le moment, mais elle peut enfin exprimer ce qu'elle a sur le cœur. Elle me dit que Jamie lui manque énormément depuis notre séparation. J'ai l'air aussi portée sur l'honnêteté – et ivre –, car je lui réponds sur un air jovial que ce n'est pas à elle que doit manquer Jamie. Et que même si c'est le cas, elle pourrait se passer de me le dire. Mais Freya insiste, elle veut se libérer et il est temps que je l'écoute. Elle liste alors toutes les petites choses qui lui manquent chez Jamie, apparemment de manière involontaire par ordre alphabétique. Elle commence avec « accent ». « Elle avait une si belle voix. D'où venait son accent déjà ? Ou peut-être que c'était son absence d'accent justement que j'aimais tant. Et sa façon de s'habiller était incroyable. J'ai toujours eu envie de lui demander où elle trouvait ses pantalons. Les noirs un peu classe mais aussi super relax, tu vois ? Tu ne sais pas où elle les achetait ? »

Je ne réponds pas et me contente de la fixer. Ensuite, elle passe à ses seins.

« Je dis ça sérieusement, mais elle avait des seins incroyables, non ? Rien à voir avec tes ex qui n'avaient pas de poitrine. C'est un truc qui t'intéresse maintenant ? »

J'essaie d'imaginer des manières de la faire taire. Je pourrais lui dire que le simple fait d'entendre prononcer le nom de Jamie me fait grimacer de douleur. Cela marcherait sûrement, mais je ne dis rien car malgré la copieuse dose d'alcool que j'ai avalée, je trouve ça particulièrement difficile de m'ouvrir à mes émotions quand la tristesse vient de me décocher un coup de poing dans l'estomac. Je me contente de l'écouter et d'essayer de garder une expression neutre alors qu'on progresse dans sa liste et que la souffrance se propage dans mon corps. Nous arrivons à la partie cruciale.

« Elle était vraiment chill, mais jamais chiante. Elle avait toujours quelque chose d'intelligent à dire, un truc qui te faisait réfléchir, tu ne trouves pas ? » Freya baisse un peu les yeux et scrute ma réaction. Puis elle continue. « Elle avait des super beaux seins, mais je crois que ce qui me manque surtout, c'est l'effet qu'elle avait sur toi. Tu n'es plus la même sans elle.

Ou alors tu es la même mais tu étais meilleure quand elle était là. Elle donnait un sens à tout ça. » Elle fait un geste avec sa main. « Elle et toi, ça faisait sens, tu étais plus... plus... plus... »

Je m'ouvre presque en deux alors que je la regarde dans les yeux et réalise, pleinement, que Freya n'est pas simplement une ivrogne égoïste, écervelée et autocentrée à cet instant. Tout ce qu'elle fait est réfléchi, dans mon intérêt. Ça me tombe dessus : la pitié que je ressens pour elle est réciproque. Ces deux personnes, ces deux enfants, que je me rappelle avoir vu jouer dans la neige et lire des histoires, sont aujourd'hui assises dans un bar, ivres, et sont désolées l'une pour l'autre. Et elles sont toutes les deux venues à cette soirée uniquement par pitié pour l'autre.

Pourquoi devrais-je me sentir désolée pour Freya, vous demandez-vous ? Peut-être a-t-elle raison ? Elle vit une existence que beaucoup admireraient. La fêtarde glamour, la voyageuse mystérieuse, qui ne va jamais très loin. Parfois, j'ai l'impression que c'est elle qui a raison, en particulier dans des soirées comme celle-ci où elle brille de mille feux et plane très haut. Mais il y a aussi les autres moments.

Deux jours après cette soirée, je suis à l'appartement de mon père quand je rate un appel de Freya. Je suis en train de cuisiner tout en imaginant que je pourrais lui fracasser le crâne avec la poêle. Je dis aux gens que je n'aime pas être constamment joignable, ce qui est vrai, mais de toute façon, personne ne cherche trop à me contacter, donc mon téléphone reste en mode silencieux dans mon sac. Je ne vois son appel manqué qu'après avoir quitté l'appartement. Freya m'a laissé un message vocal, ce qui me paraît étrange car je sais qu'elle les déteste. J'essaie d'ignorer le tressaillement dans mon estomac. Elle n'aurait pas recommencé, quand même ? Et elle n'aurait pas appelé pour me le dire ? J'écoute son message à contrecœur, une fois que je suis assise dans le bus, et m'attends à entendre un grésillement venu d'un appel passé de sa poche, ou Freya qui m'a fait une blague et se moque de moi. Il n'y a pas de bruit blanc dans son message. Seulement une voix hystérique et inintelligible. Je saute du bus et attrape un taxi pour me rendre au dernier endroit où vit Freya avec une bande d'étrangères.

Je laisse mon doigt sur la sonnette jusqu'à ce que l'une d'elles – l'Espagnole, ou la Portugaise ? – me laisse entrer. Je me précipite dans le placard qui sert de chambre à Freya, mais elle est vide et je fouille chaque pièce jusqu'à finalement la trouver dans la salle de bain, appuyée contre la cuvette des toilettes remplie de vomi, de bile et de pilules à moitié digérées. Après qu'elle m'a promis que les pilules qu'elle a avalées se trouvent bien au fond des toilettes, j'explose. Je suis livide et cherche une cible pour décharger ma fureur. Par quel miracle ses colocataires n'ont-elles rien remarqué ? Elles doivent bien connaître son diagnostic. Elle en parle facilement. Pourquoi ne l'ont-elles pas surveillée ? Voilà pourquoi Freya devrait vivre avec des gens qui en ont quelque chose à faire d'elle. Ces connasses ne sont intéressées que par elles-mêmes. Je le dis tout fort. Et je le répète. Avec de plus en plus de jurons. J'espère que ses colocataires m'entendent, alors que je commence à me sentir mal à force de déambuler dans la salle de bain minuscule. Je veux remplir ces gens de la haine que m'inspire l'acte de Freya.

Ma sœur relève difficilement la tête de la cuvette et me dit, dans le cirage, que je ne devrais pas m'en prendre à elles. Elle a passé la journée dans sa chambre, donc elles se sont sûrement imaginé qu'elle avait la gueule de bois. J'essaie de rester ferme, mais Freya insiste sur le fait qu'elle ne veut pas encore un lavage d'estomac et ne veut pas voir le docteur. Elle s'est juste sentie un peu démoralisée et a fait quelque chose de stupide. Puis elle a changé d'avis presque immédiatement. Il aurait pu ne rien se passer. Je m'assois sur le tapis dégoûtant de la salle de bain – oui, un tapis dans la salle de bain, quel endroit charmant – et lui caresse les cheveux pendant qu'elle pleure au-dessus de la cuvette. Puis je lui relève la tête afin de nettoyer les WC et de chasser l'odeur affreuse, avant de la laisser reposer à nouveau à cet endroit. Elle me promet qu'elle prend toujours son traitement. Elle dira à sa psychiatre ce qui s'est passé la semaine prochaine et qu'elle a ce genre de tentation seulement quand elle est vraiment déprimée. J'essaie de lui dire que c'est pour éviter ce genre de descente qu'il faut se tenir à distance des drogues, le genre qu'elle prend en tout cas, quand on est comme elle. Aussi sensible qu'elle. Mais elle lève les yeux au ciel, comme à son habitude. Et je ne lui en veux pas, les discours de grande sœur doivent être devenus lassants. Malheureusement, je ne peux pas m'arrêter.

Quand elle me demande où j'étais au moment de son appel, je lui explique que je faisais la cuisine chez Papa. Elle me regarde et me dit qu'elle oublie toujours que je continue de faire ça. Elle ne se rappelle pas la dernière fois où elle l'a vu, et n'est-ce pas drôle d'imaginer que je suis celle qui l'a toujours détesté le plus et qui pourtant passe désormais le plus de temps avec lui ? Elle crache un rire horrible et rauque, puis se remet à pleurer. Quand elle cesse, elle accepte que je lui donne de l'eau à boire et l'emmène se coucher dans son lit. Après être restée debout une bonne partie de la soirée et avoir comparé les plaquettes de pilules vides à la quantité que j'ai vue dans les toilettes, je suis finalement convaincue qu'elle ne mourra pas dans la minute et n'a pas non plus endommagé son corps de manière irrémédiable. Je me glisse dans le lit derrière elle et la prends dans mes bras. Je la berce, elle finit par s'endormir. Et moi aussi.

Quand je me réveille le lendemain matin, en retard pour le travail, c'est comme émerger dans un univers totalement différent. Cela me prend un moment pour comprendre où je suis et, à travers mes yeux encore endormis, je peux voir sur la table de nuit un croissant, un jus d'orange et un petit mot qui dit « *Désolée pour hier soir, j'étais en vrac. Je file au travail ; prends ce que tu veux dans le frigo, Ursula et Marta seront d'accord ! * *Smiley* * Bisous Bisous.* »

Donc, voilà Freya.

# Une épaule

C'est injuste. Freya ne se résume pas à cela. C'est une grande partie de ce qu'elle est. Mais il y a aussi bien plus que cela.

Revenons des années en arrière, au jour où je quitte Jamie. Je me tiens au-dessus d'elle dans le salon. Jamie. Je sais que ce ne sont que des mots que j'ai dits, mais je les ai répétés pendant des semaines. Le sang battait si fort dans mes oreilles que je ne pouvais pas m'entendre parler et je n'arrive pas à savoir si j'ai été cohérente. Je sais qu'elle l'a été, elle m'a suppliée et a pleuré. Tant de larmes. Cohérente ou pas, je pense que mon message est passé. Je ne supporte pas de voir Jamie souffrir. Je serais capable de tuer à mains nues quiconque lui ferait du mal. Et ce n'est pas juste une façon de parler. Je le ferais. Mais je l'ai blessée, au-delà de ce que je pensais possible. Je voudrais m'assassiner moi-même. Je me frappe au visage, je crois, mais je ne sens rien. Jamie est roulée en boule sur le sol, devant moi, en pleurs, sa tête enfouie, pour cacher son visage. Peut-être est-ce le fruit de mon imagination. Je ne suis plus capable de sentir quoi que ce soit. Je suis complètement engourdie.

En pilotage automatique, je marche vers notre chambre – désormais sa chambre – et prends le sac que j'ai préparé. Je viendrai chercher le reste de mes affaires plus tard. Je me dirige vers la porte et quitte les lieux sans me retourner. Quand j'arrive au métro, je remarque que les gens me regardent d'une manière bizarre et je me rends compte que je répète en boucle « *Je suis désolée, ça va aller* », encore et encore. Je n'arrive pas à m'arrêter. J'entends encore les pleurs de Jamie et je me demande si elle m'a suivie. Mais c'est dans ma tête, le seul endroit où je peux la voir et l'entendre désormais.

Quand j'arrive chez moi, tout ça me tombe finalement dessus : ce que j'ai fait, perdu, laissé m'échapper et je m'écrase de tout mon poids sur le sol. Je suis assise dans l'entrée, la porte encore ouverte, me balançant d'avant en arrière, serrant mon sac contre moi. Je sais que je mérite cette douleur, mais elle est trop lourde à supporter. Je n'arrive pas à pleurer ou à penser. Je reste assise comme ça pendant des heures. Ma douleur – la mienne et celle de Jamie – empire car je sais comment y mettre fin : il me suffirait de faire demi-tour et d'aller la retrouver. Mais ce serait injuste. Ma décision a été prise et j'essaie de me rappeler que c'est la bonne. Mon téléphone n'a pas arrêté de sonner. J'efface son numéro sans prendre la peine de le noter, car je ne fais pas confiance à mon futur moi pour être suffisamment solide face à l'agonie qui s'annonce. Le numéro de Jamie, sans nom désormais, continue de m'appeler. Je le vois sur l'écran et réalise que je le connais par cœur. J'ai envie de m'arracher toute la peau. Je reste assise pendant des heures. D'où je suis, je ne vois pas la fenêtre mais je sais que le jour s'est couché.

Puis, je peux sentir que la lumière est revenue. Je suis au même endroit, sur le palier. Y suis-je restée toute la nuit ? Je ne devrais pas avoir faim ? J'entends les gens bouger dans les appartements voisins. Je me rends compte de mon allure. Je ne veux pas être vue dans cet état. Je rampe à l'intérieur et ferme la porte. Je m'allonge dans le hall d'entrée et m'endors. Mon téléphone continue de sonner, sa lumière allumée. Puis il s'éteint. Combien de temps s'est-il écoulé ? Je devrais manger. Je trouve une barre de céréales dans la poche de mon manteau. Je l'ouvre et l'approche de ma bouche mais l'odeur me rend malade, me poussant à la reposer. Au moins, je sais qu'elle est là. Je reste là pendant une durée qui me paraît très longue. Jour et nuit se succèdent à nouveau. Le plancher est dur et me fait mal aux joues, mais je reste là jusqu'à ne plus rien sentir. Je veux me fondre dans le sol. J'ai l'impression que ça finit par arriver. Mes yeux sont devenus trop gonflés et secs pour que je continue de pleurer, donc je me contente de fixer le mur sous le radiateur. La plinthe est couverte de poussière. J'imagine qu'elle rentre dans mon nez quand je respire, se colle à mes parois nasales et pénètre dans mes poumons. Ça me donne envie de vomir. De mourir. Je ne cesse de m'endormir et de me réveiller, jamais sûre de l'état de conscience qui est le mien.

On frappe à la porte. Je suis donc bien réveillée. Il y a quelqu'un. Je ne pense pas pouvoir supporter l'idée que ce soit Jamie. Ce qui reste de mon cœur va se fracasser si c'est elle. Je ne bouge pas, je l'ignore. On frappe à nouveau, plus fort. Puis, il y a une voix et mon cœur se brise, précisément car ce n'est pas celle de Jamie. C'est Freya. Je continue de l'ignorer. Je n'ai rien à lui offrir à cet instant. Je veux disparaître. Je suis sûre qu'elle va bientôt partir. Mais elle reste là. J'essaie de me concentrer sur ses mots. Que dit-elle ? Le nom de Jamie. Je me concentre. Elle est au courant de ce qui s'est passé. Elle a appelé Jamie. Mais pourquoi ? Sa voix est plus faible désormais, plus proche. S'est-elle assise ? De l'autre côté de la porte ? Elle m'explique qu'elle a essayé de m'appeler. Elle ne se sentait pas bien. Quelle surprise. Encore. Mais comme je ne lui ai pas répondu, elle a commencé à avoir peur. Donc elle a contacté Jamie. Pourquoi est-ce que je ne lui ai pas dit ce qui s'était passé ? Elle dit qu'elle va m'attendre ici, elle ne va nulle part. Elle arrête de parler mais je sais qu'elle est toujours là. Je peux sentir sa présence. Pourtant, je continue de fixer le mur.

Je crois que la lumière a encore changé. Je ne sais plus combien de fois. Nous restons silencieuses mais je sais que Freya est toujours là. Sa présence ne m'aide pas à me sentir mieux, mais elle n'aggrave pas les choses non plus. Je finis par me lever car je dois aller aux toilettes. Pourquoi je n'ai pas eu besoin plus tôt ? Je me suis laissée aller sans m'en rendre compte ? Je n'en sais rien mais me mettre en mouvement me permet de réaliser que je ne sens pas bon. Freya m'entend aller aux toilettes et me demande de lui ouvrir la porte. Ce que je fais. L'expression de son choc et de sa tristesse me frappe au visage. Je m'effondre à nouveau, mais cette fois dans ses bras. Elle m'aide à aller jusqu'à mon lit. Cela fait si longtemps que je ne suis pas restée chez moi qu'il n'y a même pas de draps. L'appartement de Jamie est mon chez-moi depuis des années. Heureusement, il n'y a plus de sous-locataires et ils n'ont pas à me voir dans cet état. Cela me prend un moment pour me rappeler où sont rangés les draps. Quand cela me revient, Freya m'assoit sur une chaise et je la regarde se débattre pour faire le lit. Elle est lente et ne s'y prend pas très bien, mais elle finit par y arriver. Elle montre mon visage et me demande si c'est Jamie qui m'a fait ça. Je touche ma joue et ça me fait mal. Je secoue la tête. Je me suis blessée toute seule. Mis à part ça, elle ne me pose pas de questions. Tant mieux, car je ne pense pas être capable de parler. Elle se contente de m'apporter des choses et de m'appeler « Jess la neuneu », en me caressant les cheveux. C'est agréable. Elle me force à boire et à manger. J'arrive à boire, j'ai si soif. Me nourrir est difficile, car tout me dégoûte. Elle insiste pourtant, me préparant du riz et m'obligeant à en prendre au moins quelques cuillères.

Les jours passent. Je finis par réaliser que j'ai abandonné mon travail. Freya me dit qu'elle s'en est occupée. Elle leur a téléphoné en expliquant qu'elle avait prévu un voyage surprise pour mon anniversaire même si la vraie date est loin. C'est justement ce qui a décuplé l'effet de surprise. Quelques jours plus tard, je me rends compte que Freya a aussi un travail. Mais elle a géré cette situation de la même manière, en leur expliquant qu'on l'avait emmenée pour un voyage d'anniversaire à l'improviste. Elle leur a dit qu'un grand gars musclé l'avait invitée et pas sa grande sœur un peu stupide. Je ris et ça me fait du bien.

Quand je parviens à manger un bol de riz en entier, Freya apporte la télévision dans ma chambre et se glisse dans le lit à côté de moi. On passe des jours à se faire des marathons de films. Je la remercie et puis je pleure. Elle me dit que ça va s'arranger. Et je lui réponds que je l'espère vraiment, car si j'avais su ce que je ressentirais, j'aurais sûrement déjà essayé de me tuer. Je ris. Mais pas elle. Elle s'inquiète et je la rassure en lui affirmant que je plaisante. Même si je ne suis pas sûre que cela soit vrai. C'est une situation horrible. Mais elle serait encore pire si Freya n'était pas là.

C'est comme ça qu'elle me tire de cette situation. Elle me nourrit un peu plus chaque jour, s'assurant que mon corps ne disparaît pas, même si c'est ce que j'espérais. Elle regarde des films avec moi, qui ne lui plaisent probablement pas, mais elle le fait pour garder mon esprit loin du sentiment de perte. Elle me rapporte des livres pris chez moi, puis chez elle, puis à la bibliothèque. Un jour, je me sens assez forte pour en ouvrir un. Puis un autre. Ils m'aident. J'agonise toujours mais c'est plus supportable. Je peux me servir de ces choses – ces divertissements – pour éloigner temporairement la souffrance de mon esprit. Il se passe un mois avant que Freya parle de mon travail. Suis-je prête à y retourner ? Non, mais je sais que je le dois. Freya m'accompagne pour mon premier jour. Elle ne me demande pas si j'en ai besoin, elle vient simplement avec moi. Elle me retrouve pour déjeuner et puis me raccompagne chez moi. Je n'ai aucune idée de ce qu'elle fait dans l'intervalle. Je ne veux pas le savoir, de peur de me sentir si mal que je lui demande d'arrêter. Elle fait ça toute la semaine et le vendredi, me questionne pour savoir si je suis capable de me débrouiller. La réponse est oui.

Freya ne m'oblige jamais à parler de cette période où je me suis effondrée et où elle a pris soin de moi. Elle ne me fait jamais sentir redevable envers elle. Elle ne jubile pas. Et ne me balance jamais ce qu'elle a fait pour moi à la figure. Même quand elle est au plus bas, m'appelant à l'aide, sentant mon jugement et détestant probablement les conseils de grande sœur que je lui donne, elle ne convoque jamais mon propre mal-être pour se défendre. Freya m'a maintenue en vie et aidée à ne pas devenir folle quand j'étais au plus mal.

Elle était plus qu'une simple épaule pour moi. Elle est devenue tout mon putain de corps quand le mien m'a lâchée.

Donc, je ne pense pas qu'elle ait si mal tourné que ça après tout.

# *Un jour noir*

*Elle a l'air différente aujourd'hui, ici. Toujours rayonnante. Toujours prête à être au centre de l'attention. Toujours prête à nous aimer puis nous quitter, nous laissant avides de son amour. Mais elle a aussi l'air différente. Difficile de dire de quelle manière. Sa tenue est parfaite, comme toujours. Je pense que, comme pour Rob, que je ne l'ai pas vue habillée de manière aussi chic depuis longtemps. Du moins, pas d'une manière aussi terriblement respectable. C'est différent. Ça lui va bien d'être habillée de cette manière. Elle ressemble à une femme sérieuse passant une journée sérieuse. Et puis plus âgée aussi ; je suppose que ça peut être considéré comme une bonne chose.*

*Elle est un peu trop maquillée cependant. J'ai envie de lui dire, de la prévenir: « C'est un peu trop dramatique, Freya, vas-y mollo. » Mais elle est trop loin pour m'entendre chuchoter et je ne veux pas interrompre le prêtre en train de dire quelque chose que je peine à suivre. Cela mettrait tout le monde mal à l'aise. Et puis de toute façon, c'est trop tard maintenant. C'est son maquillage pour aujourd'hui.*

*Elle est vraiment magnifique de toute façon.*

# Un déjeuner

« Coucou. » Phil gazouille en passant la tête par la porte ouverte de mon bureau. « Sian et moi allons manger au restaurant thaï au coin, tu veux venir avec nous ? »

« J'ai à faire, Phil », je dis. Je vois bien le restaurant dont il parle et leurs calamars y sont incroyablement bons et pas chers, mais je décline. « Je pense que je vais juste prendre un truc vite fait et manger à mon bureau aujourd'hui. Merci quand même. »

« Pas de problème, une prochaine fois ? » dit-il. Quand je me retourne vers mon écran d'ordinateur, je vois son reflet et constate qu'il reste un peu trop longtemps, dans l'attente d'une réponse que je ne lui donne pas. Je lâche un soupir de soulagement quand son visage plein d'espoir finit par disparaître.

Phil a commencé comme postdoctorant au labo il y a dix-neuf mois et m'a demandé au moins une fois par semaine, toutes les semaines depuis, de venir déjeuner avec lui. À chaque fois, j'ai répondu la même chose. « Non, Phil, je ne veux pas manger avec toi. » Je refuse car je ne veux pas passer ma pause à parler de travail. Et surtout pas avec ce foutu Phil. Je me suis rendu compte lors d'une brève pause-café que Phil est un jeune homme passionné, avec un feu qui brûle en lui. En d'autres termes, Phil est vraiment le pire mec au monde.

Sa sœur s'est tuée quand il avait seulement seize ans et elle dix-huit. Depuis, il cherche à faire tout ce qui est en son pouvoir pour éviter aux autres de souffrir comme lui. C'est pour ça qu'il a choisi un projet de thèse explorant les potentiels effets secondaires des traitements contre la dépression. Et après avoir assisté à une conférence donnée par votre narratrice, il a décidé de changer de voie pour étudier le suicide dans les organismes modèles. Il a été si impressionné par mes découvertes qu'il a décidé de travailler en psychologie évolutionniste à mes côtés, visiblement le seul moyen selon lui de comprendre ce qui allait de travers dans l'esprit des gens et de réparer ce monde cassé. Eh oui, vous l'avez compris, c'est ma faute s'il est ici. Et il est au comble du bonheur de travailler à seulement quelques mètres de moi. S'ajoute à cela le fait qu'il voit en moi une espèce de modèle, celle qui a pavé la route pour sa croisade.

Tout le monde est d'accord : Phil est incroyablement chiant. Les gens les plus fervents le sont. Mais ce n'est pas pour ça que je refuse de déjeuner avec lui. La raison, c'est que je peux voir qu'il est totalement une carotte. Tout le monde peut s'en rendre compte, il le porte sur lui. La vie l'a bouilli, et on peut à présent voir facilement sa chair molle, vulnérable, fondue. Il est trop fragile pour me côtoyer. S'il découvrait la vérité sur ma personne et mes motivations, il serait dévasté et je ne peux pas supporter de voir ses grands yeux bleus remplis d'admiration plus de quelques instants, sachant très bien que je suis le contraire de ce qu'il imagine. Ça me dégoûterait de mon calamar. Donc, non Phil, je n'irai pas à ce foutu déjeuner avec toi. Rentre. Toi. Ça. Dans. Le. Crâne.

Je dois bien manger cependant et décide donc d'aller au seul endroit situé à l'opposé complet du délicieux thaï. Ce n'est pas un restaurant que j'apprécie particulièrement, un *coffee shop* ordinaire avec un choix limité pour manger. Je suis presque sûre qu'il a reçu une mauvaise note de l'inspection de l'hygiène, ce qui ne devrait pas m'étonner vu que j'ai trouvé un petit morceau de coton dans un de mes donuts l'an dernier. Mais le sacrifice vaut le coup pour éviter de déjeuner avec Phil et son estime mal placée. Je dois m'en rappeler quand j'entre dans le restaurant et que je suis la seule cliente à l'exception d'un vieil homme qui dort sur une chaise, le menton couvert de vomi. Un peu inquiétant. Je préviens le garçon derrière le comptoir, qui n'a pas l'air d'être assez âgé pour travailler ici. Il jette un coup d'œil par-dessus mon épaule, fait un geste de la main et me dit que le mec va bien. Certaine d'avoir fait mon devoir civique en prévenant cet enfant sans aucune formation de premiers secours, je me dirige vers le présentoir des sandwichs.

Je prendrais bien un wrap – celui au canard, si on oublie sa couleur bizarre, est surprenamment bon – mais le gamin m'informe qu'ils n'en ont plus aujourd'hui. Il ne reste que des paninis. Ce n'est pas ce que je préfère, mais ça fera l'affaire puisque je suis arrivée jusqu'ici. Malgré l'odeur de vomi qui flotte dans l'air, j'ai plutôt faim. J'opte pour un panini au poulet et un café. Le bébé serveur me demande si je le veux toasté, ce que je refuse, mais je n'ai pas dû parler assez fort car il se dirige tout de même vers le grill et y glisse mon panini. Ça ne m'embête pas, ce sera sûrement meilleur comme ça, mais j'essayais juste d'accélérer un peu les choses. Pendant que j'attends, une femme entre deux âges sort de la cuisine et se joint au gosse derrière le comptoir. Elle me prépare mon café et, quand le grille-pain sonne, elle emballe le panini spongieux dans plusieurs couches de papier, aussitôt imbibées de gras. Elle se tourne vers la salle et crie. « Panini poulet pesto ? »

Je regarde autour de moi. Il n'y a toujours que moi et « Vomit man ». Je la regarde, lui souris et lui tends la main. Elle me regarde à son tour, puis ma main. Puis crie de nouveau « Panini poulet pesto ? » Je lui dis que je crois que c'est le mien. Mais elle me dit non. Je lui dis qu'en fait j'en suis sûre, c'est bien le mien, je l'ai commandé il y a quelques minutes. Mais elle répète que non, ce n'est pas ma commande. Je lui explique que c'est la mienne, je l'ai passée, payée au garçon derrière le comptoir tout à l'heure et qui a ensuite mis le panini à griller. Mais elle me dit que non, j'ai commandé la salade qu'elle est en train de préparer. Et en guise de réponse, elle crie de nouveau le nom du panini à l'attention de la salle vide.

Je vois bien que ça ne sert à rien d'argumenter. Je dois l'accepter. Je cherche du regard le garçon, mais il a disparu. Personne ne peut confirmer mon histoire. Mais les circonstances parlent d'elles-mêmes non ? Si ce panini n'est pas à moi, alors qui l'a commandé ? Le gars au vomi ? Je lui expose ce nouvel argument, mais elle me dit d'attendre ma salade. Je réalise que nous nous trouvons dans une impasse. Mon estomac gargouille. Une salade fera peut-être l'affaire ? Je lui demande de quel genre de salade il s'agit. Celle que vous avez commandée, répond-elle. Peut-être que vous devriez la préparer alors, je lui dis. Pas tant que personne n'a pris le panini, rétorque-t-elle. Je suis à deux doigts de lui dire que je peux l'en débarrasser sans souci quand pas moins de sept clients entrent dans le restaurant. Je ne reconnais pas la langue qu'ils parlent extrêmement fort, et deux d'entre eux soufflent dans des sifflets, se baladent dans le restaurant et tapent des mains. Le bruit réveille le gars couvert de vomi et il se met à grommeler, ajoutant à la cacophonie générale, son haleine épouvantable se diffusant à chaque mot prononcé. Clairement agitée, la serveuse pose le panini et part servir les nouveaux clients. Je tente ma chance. Je me penche sur le comptoir autant que possible, mais je suis encore trop loin pour attraper mon panini. Je me hisse pour gagner un peu de distance au moment où le préadolescent du début reprend son poste, me cogne avec la porte et me fait perdre l'équilibre. J'essaie maladroitement de me rattraper, et me voilà dans une position étrange, les mains sur le sol, les jambes reposant sur le comptoir. Il me demande ce que je suis en train de faire. Je réponds que j'essaie d'attraper mon panini. Il me dit que j'aurais dû demander à quelqu'un. Super idée ! Il me le tend, mais mes mains sont un peu occupées à me soutenir. Il tente de m'aider à me relever. Comme je pèse deux fois son poids, on se démène difficilement et de manière peu gracieuse. Quand je finis par réussir à me remettre debout, je me retrouve nez à nez avec lui, à bout de souffle. Il me regarde bouche bée, apparemment pas très sûr de ce que j'attends de lui. Je lui montre mon panini, toujours derrière lui. Il acquiesce et me le tend. Je le remercie d'un mouvement de tête, le prends et sors. Au moment où je referme la porte du restaurant, j'entends sa collègue lui crier dessus car il a donné le panini à la mauvaise cliente. Je me frappe sur la poitrine en signe de victoire.

Je retourne au bureau, mon sandwich en main et pense à ce qui vient de se passer. Qu'est-ce que c'était que ça ? Mes poignets douloureux suggèrent que oui, j'ai bien fait le poirier contre le comptoir du coffee shop. C'est peut-être juste moi, mais j'ai l'impression qu'une expérience, surtout quand elle est aussi bizarre, ne paraît pas vraiment réelle tant qu'elle n'est pas racontée à quelqu'un. Ce n'est pas réel tant que je n'ai personne à qui en parler. Et pas drôle si personne n'est là pour en rire avec moi. C'est le genre de situation ridicule que j'aurais adoré raconter à Jamie. Les gens interrompent souvent les histoires bizarres, mais pas Jamie. Elle vous donne toute son attention et vous le montre par son écoute silencieuse. Vous pouvez voir son excitation grandir quand vous avancez dans le récit. Elle bouge alors la tête en signe d'approbation, ses poings se serrent, ses yeux et sa bouche s'ouvrent en grand. C'est vraiment agréable de lui raconter quelque chose. Sa réaction valide toujours votre expérience et vos sentiments.

Jamie aurait pleuré de rire en entendant parler du fiasco du coffee shop. Elle aurait rigolé si fort, de ce rire profond et guttural qu'on peut se permettre seulement avec quelqu'un qu'on connaît bien. Cela aurait même probablement surpassé la fois où la portière de la voiture de mon amie Hannah s'est détachée sur la route de Bournemouth, quand on était adolescentes. Un instant, elle était bien accrochée à la voiture, la minute suivante, Hannah l'ouvrait et la portière tombait par terre. On a dû faire toute la route avec du ruban adhésif pour la tenir en place. L'autoroute avait été vraiment terrifiante. La voiture de Hannah est restée dans cet état pendant des années ensuite. Des années où elle a dû rentrer dans sa voiture par la porte du passager et prie chaque fois qu'elle passait le contrôle technique que sa portière reste en place. Je pense que j'ai dû mieux raconter cette histoire à Jamie que je ne le fais ici. Ou alors, c'était simplement l'alcool. Je lui en ai parlé après une grosse soirée. Nous étions rentrées sous la pluie battante et je pouvais sentir son excitation monter au fur et à mesure des détails que je donnais. Elle s'était tournée pour me faire face, les yeux fixés sur moi, marchant à mes côtés, confiante quant à ma capacité de nous ramener à la maison. Elle avait fini par se rouler sur le sol trempé, prise d'un fou rire qui avait fait lâcher ses jambes. Je m'étais jetée au sol à ses côtés, son hilarité devenant contagieuse au moment où j'avais réalisé à quel point ce voyage avait été cinglé. Puis tout à coup, elle avait arrêté de rire. Son visage avait repris une expression sérieuse. Je lui avais demandé ce qui se passait, plongée dans ses beaux yeux marron remplis de larmes, ses longs cils mouillés par la pluie. Elle m'avait regardée avec solennité et dit : « Je suis en train de pisser. Je me fais dessus. » On avait éclaté de rire de plus belle et la pluie avait couvert le pire des crimes.

J'adorerais lui parler de ce nouvel exploit. En tournant dans la rue de mon bureau, je m'autorise juste un instant à imaginer ce que ça ferait de raconter tout ça à Jamie. Je pourrais simplement prendre mon téléphone, composer son numéro – que je connais toujours par cœur –, évoquer ce qui m'est arrivé à la pause déjeuner et entendre sa voix. Je pourrais l'écouter, anticiper sa joie quand la situation devient vraiment ridicule, son inquiétude au moment où je suis tombée, son soulagement en apprenant que je m'en suis sortie et que cette histoire est drôle et se termine bien. Son enchantement, sa peur, son incrédulité, tout cela me ferait sentir remarquée et comprise. Les événements de ma vie deviendraient réels et reconnus. Je l'aimerais pour tout ça. Et elle aussi en retour. Et puis je passe devant une femme luttant avec un bébé qui a laissé tomber sa tétine et a réussi à sortir ses bras de la poussette. Les cris de l'enfant me sortent de mes pensées, mais la femme, pourtant plus près que moi de ces décibels assourdissants, n'a pas l'air perturbée. Elle ramasse la tétine sur le trottoir, la met dans sa bouche un court instant – dégueu – et la replace ensuite dans celle du bébé, dont les cris faiblissent. Ensuite, elle caresse ses cheveux clairsemés avec une main, le calmant suffisamment pour réussir à replacer ses bras tout mous dans les harnais de la poussette. Le bébé croise mon regard un moment et je me demande s'il voit que je ne vais pas très bien. Les bébés sont-ils capables de sentir les choses ? De la même manière qu'ils voient des fantômes et ressentent les présences maléfiques ?

La femme reste là, caressant la tête de son bébé, l'épuisement commence à se dissiper de son visage. Avec le bébé calme et endormi, sa main passant tendrement sur son visage, la mère a l'air sereine, heureuse. Ce moment passé, elle repart avec sa poussette et je me rappelle que je ne raconterai pas cette histoire ridicule à Jamie. Je vais plutôt appeler Freya, ce sera l'occasion de prendre de ses nouvelles. Elle a l'air d'aller bien aujourd'hui. Je marche en mangeant mon panini tout en lui expliquant où je l'ai trouvé. Elle m'interrompt plusieurs fois pour me poser des questions, elle rigole puis me raconte la fois où elle a couché avec quelqu'un, s'est endormie chez lui et est allée directement au travail. Ce n'est qu'à la pause déjeuner, au café, qu'elle s'est rendu compte qu'elle avait du vomi séché dans les cheveux, résultat d'une évacuation tactique la nuit passée en boîte ; c'était elle, Vomit man. Elle me dit qu'elle n'a jamais raconté cette histoire à personne. Et là, au téléphone, toutes les deux, on se sent réelles.

# Un sentiment

Trois semaines plus tard, je prends le thé chez ma mère. Rob est sorti. Ou peut-être pas, qui sait ? Après les échanges habituels sur ses soucis de santé et mon travail, elle me demande courageusement si je vois Jamie en ce moment et si c'est vraiment, *vraiment* fini entre nous. Elle me prend au dépourvu, n'ayant jamais exprimé un intérêt particulier pour le sujet – et puis, Jamie et moi sommes séparées depuis deux ans. Vraiment ? Presque deux ans ? J'ai l'impression que ça fait deux fois moins longtemps, mais c'est probablement parce qu'après les premières semaines où j'étais une épave totale, j'ai passé le reste de l'année en pilotage automatique, constamment surprise qu'on ne soit plus au mois de janvier – celui où l'on s'est séparées – choquée quand les anniversaires, le printemps, l'été, l'hiver puis Noël sont arrivés. Choquée que le monde continue de tourner.

Je demande à ma mère pourquoi elle me pose cette question et si elle a parlé de Jamie avec Freya. Eh bien, oui, en l'occurrence, elles en ont discuté. Ma sœur est en Grèce à ce moment-là, ayant emprunté de l'argent pour voyager en Europe, visiter des camps de réfugiés et faire son devoir. Elle n'a pas arrêté de parler de ça depuis que la crise des migrants a commencé. Mais cette fois, elle est vraiment partie. Sauf que jusqu'ici, elle a surtout visité des plages touristiques. Donc oui, ma mère et elle ont parlé au téléphone et, si elles ne sont pas toujours d'accord sur tout, elles se sont dit que Jamie était vraiment la fille la plus gentille que je leur aie jamais présentée. Elles voudraient juste savoir ce qu'elle a fait de si mal pour que je la quitte.

Ce n'était pas Jamie, c'était moi, je lui répète. Mais ma mère ne veut pas lâcher l'affaire et me demande si je pense encore à elle, si elle me manque toujours. Est-ce que je suis vraiment sûre que cette rupture est la bonne décision ? – puisque visiblement je suis toujours affectée par notre séparation et que je ne passe pas à autre chose. Ou alors, je vois quelqu'un d'autre et je ne l'ai pas dit à ma vieille mère ? Mais je peux me confier à elle si le besoin s'en fait sentir. Et puis elle a une amie avec qui elle fait du bénévolat, dont la fille n'est pas gay à proprement parler, mais elle a les cheveux courts et adore le sport – elle l'a vue en photo – et elle est célibataire depuis un moment, donc peut-être qu'elle serait intéressée ?

Je n'ai vraiment pas envie de parler de ça avec ma mère, pas pour l'instant du moins, et pas sans être prévenue au préalable. Il faut que je me prépare pour parler de Jamie. À tel point que j'ai quitté les réseaux sociaux et laissé mourir mes relations avec nos amis mutuels pour éviter la torture de la voir ou de parler d'elle. Pour répondre à l'interrogatoire sorti de nulle part de ma mère, oui, je suis toujours très mal à cause de la rupture. Je suis juste humaine et Jamie... eh bien... Jamie était Jamie, donc bien sûr que la perdre m'a beaucoup affectée. Immensément. Constamment. Mais, je me le rappelle à cet instant, j'ai fait des progrès et avancé dans la bonne direction. Par exemple, au début de notre rupture, je n'étais plus capable d'écouter de la musique. Plus aucun type de musique. Je ne pouvais plus écouter de morceaux tristes, car ils me rendaient triste et je l'étais déjà, ni de morceaux joyeux, puisqu'ils étaient joyeux et pas moi. Je ne pouvais pas écouter de morceaux parlant de cœurs brisés, car le mien l'était, ni de chansons d'amour car j'avais perdu le mien. Et je ne pouvais pas écouter de chansons qui ne parlent ni d'amour ni de cœur brisé, car visiblement, ce sont les seules choses qui comptent dans la vie. Je ne pouvais pas écouter la musique que j'avais écoutée avec Jamie ou celle que j'imaginais lui plaire. Sans parler de celle qui ne lui plairait pas.

Jamie jouait de la guitare et la première fois que j'avais vu un piano à queue c'était chez sa tante, je ne pouvais donc plus écouter aucun morceau avec ces instruments. Idem pour la musique des années 1980, puisque c'était la décennie où elle était née, ni celle des années 1990 où elle était arrivée à l'adolescence, sans parler des années 2000 où elle avait fréquenté l'université, ni de son entrée dans l'âge adulte : la période de mon bonheur avec Jamie. Et celle de ma dévastation.

Donc, au début, impossible d'écouter de la musique, mais après un an et demi, il y a donc seulement quelques mois, en allant chercher mon dîner dans un restaurant chinois, j'ai entendu une chanson de rap sinophone qui m'a donné envie de m'asseoir, taper du pied, sans nécessairement m'effondrer ou me donner des claques. Un morceau enlevé sans être totalement joyeux et dont je n'avais aucune idée du sens. Je l'ai *shazamé* et maintenant je l'écoute en boucle dans les transports sur le chemin du travail. Ce qui a totalement éclairé mon voyage. Je suis sûre qu'avec le temps je trouverai d'autres morceaux de rap chinois qui fonctionneront pour moi. Je me dis donc que, ouais, quand même, je vais bien et j'ai fait des progrès. Je n'explique rien de tout ça à ma mère, car elle ne comprendrait probablement pas. Je lui demande plutôt si on peut parler d'autre chose. Son deuxième sujet de conversation est presque aussi désagréable, même s'il est bien plus prévisible.

Ma mère me demande comment va mon père. Elle me pose toujours cette question, comme s'il était impossible pour elle de le deviner. Et pourtant, elle l'appelle deux fois par semaine, lui rend visite plusieurs fois par mois, lui prépare souvent ses plats préférés en me demandant de les lui apporter et me remplace même auprès de lui dans les rares occasions où j'ai d'autres plans. Si Jamie était un peu confuse quant aux raisons qui me font garder le contact avec mon père, je suis totalement sidérée par celles de ma mère. Elle n'a jamais totalement coupé les ponts, même durant la période suivant le divorce, quand il téléphonait régulièrement à la maison pour l'abreuver d'insultes et lui reprocher tous ses problèmes. Il venait même parfois à sa porte délivrer son message en personne. Cela ne l'empêchait pas de l'inviter régulièrement pour Noël ou Pâques, et sans visiblement prendre en compte la façon désastreuse dont ça se terminait la plupart du temps. Elle lui envoyait un SMS quand il ne donnait pas de nouvelles, lui écrivait toujours une carte pour son anniversaire, Noël et la fête des pères, nous grondait, mes frère et sœur et moi, car nous ne le voyions pas suffisamment. Généralement, j'essaie de me retenir de radoter à ce sujet-là, mais son quiz à propos de Jamie était un coup bas qui m'a mise en rogne, donc aujourd'hui j'arrache le pansement.

« Dis-moi toi comment il va. Je suis sûre que tu le vois plus souvent », je lui dis sur un ton accusateur.

« Oui », répond-elle, ignorant sciemment mon ton. « J'ai parlé avec lui hier soir et aussi avant-hier, il avait l'air d'aller. Sa hanche lui fait mal, mais il dit que ça va. Même si c'est un endroit agréable, je pense qu'il se sent seul là-bas. Mais il n'aime pas nous tracasser. »

« Alors pourquoi te tracasses-tu ? »

« Ce n'est pas le cas. Je veux juste savoir s'il va bien. Je n'aime pas le savoir seul et en souffrance. »

Pourquoi se fait-on du souci ? Ma mère a passé la majorité de sa vie – ce qui aurait dû constituer ses meilleures années – à s'en faire pour lui. Cette expression ne lui rend pas justice. C'était un travail à plein temps, en plus de son propre emploi. Quand elle n'était pas occupée au dur labeur d'élever ses enfants, d'entretenir la maison, de garder contact avec sa belle-famille et de marcher sur des œufs en espérant qu'il ne soit ni trop déprimé, ni trop en colère, ni dérangé par rien de ce qu'on aurait pu faire ou dire, elle lui servait de *punching bag* émotionnel – parfois de *punching bag* tout court.

Peut-être que cette façon de faire est si ancrée en elle que, si mon père n'est plus considéré comme sa responsabilité morale ou légale, elle continue de faire ce travail. De se faire du souci. Bien entendu, cela n'a fait que s'accroître à l'annonce de sa maladie. Je lui ai dit des milliers de fois qu'elle ne lui devait rien, ni considération ni sympathie. Mais ma mère est quelqu'un de bien, j'imagine, et mon père, un homme qu'elle a un jour aimé profondément. C'est peut-être juste ça : elle agit comme une sainte en souvenir des jours heureux, même s'ils ont été bien peu nombreux.

Et moi alors ? Je ne me considère pas particulièrement comme quelqu'un d'empathique ou qui déborde de compassion. Peut-être que je suis comme ma mère – mon modèle – en pilotage automatique. Et qu'elle-même suit l'exemple de sa propre mère. Elle se fait du souci, car elle a vu sa mère faire la même chose avant elle. Je me demande si ma mère, moi, et toutes les autres femmes comme nous, n'avons pas été dupées par ce que la société exige : nous occuper des hommes, même quand ils se sont comportés de manière abominable. J'y vais un peu fort ? Peut-être, mais je ne vois personne, mis à part Jamie ou Freya, pour me rappeler que je ne dois rien à mon père. Et je ne vois personne imaginer non plus que mon frère va lever le petit doigt pour aider son paternel. On tient peut-être quelque chose ici. Ou alors, je fais peut-être mon devoir car j'ai peur que cela retombe sur ma mère et qu'elle le prenne en charge. Et ça, je ne le laisserai pas faire. Quelle que soit la raison, je sais qu'elle essaie seulement de bien faire, donc je laisse tomber le sujet et j'arrête d'être de mauvais poil.

Un peu plus tard, on regarde un mauvais film sur un homme dont l'enfant est mort. Il n'arrête pas d'avoir des flashbacks de sa fille et, chaque fois qu'on la voit, ma mère m'explique que j'avais des salopettes comme ça quand j'étais petite. Après la fin du film, ma mère ne lâche pas l'affaire, me demande si je me rappelle cette tenue, insiste sur le fait qu'il est impossible que je l'aie oubliée. Comme je réponds par la négative, elle se dirige vers le garage pour chercher une photo où je porte cette salopette. Je lui crie de loin qu'elle ne va jamais rien trouver dans son bazar, cette pièce étant encore plus le paradis d'un malade atteint du syndrome de Diogène que le reste de la maison. Elle fait comme si elle n'avait rien entendu et, à ma grande surprise, revient cinq minutes plus tard, en m'expliquant qu'il y a une méthode dans sa folie, qu'elle sait où chaque chose se trouve et va finir par se débarrasser de toutes ces vieilleries en procédant seulement par étapes. C'est ce qu'elle dit depuis des années. Elle me montre la photo où je porte un modèle très similaire de salopette à fleurs. Je dois avoir cinq ou six ans, mes cheveux sont noirs, mais encore lisses, bien avant que la puberté ne les frise. Je suis sur les genoux de mon père, fixant l'objectif. Il est très mince et sourit. Si son expression est forcée et artificielle, la mienne est totalement spontanée.

« Regarde comme tu avais l'air contente sur les genoux de ton père », dit ma mère. « C'était toujours lui ton préféré. »

« Pardon ? » je demande, d'une manière probablement un peu trop agressive. « Tu me fais une blague ? Si tu t'essaies au sarcasme, c'est raté. C'est toi ma préférée, et de loin. Et ce n'est même pas un compliment ! » Je le dis en rigolant, essayant de calmer ma voix et de prendre un ton léger.

Elle rit, elle aussi, parce que c'est vrai. Et puis elle dit « Non. Bien sûr qu'aujourd'hui c'est moi que tu préfères, et on sait que ça ne veut pas dire grand-chose. Mais tu ne te souviens pas à quel point tu idolâtrais ton père à cette époque ? Comme il était le meilleur papa du monde ? Tu voulais passer tout ton temps avec lui, tu lui faisais plein de dessins et lui écrivais des petites lettres si gentilles. J'étais jalouse bien sûr, même si c'est bête à dire. J'étais quand même contente pour lui, et pour moi, car je ne crois pas qu'il aurait pu supporter que ce soit moi ta préférée. »

Imaginer tout cela me plonge dans un embarras bien supérieur à celui qu'on ressent d'habitude devant de vieilles photos. Sur la page suivante de l'album, on me voit avec mes grands-parents maternels et j'en profite pour changer de sujet.

En rentrant chez moi, alors que je regarde la pluie sur les vitres du bus, je repense à l'idée que mon père était mon parent préféré. Et je me souviens de quelque chose. Je me vois être emmenée quelque part, mais je ne sais pas où. Je tiens la main de quelqu'un alors que nous marchons dans la rue, je saute dans les flaques et je suis perdue dans mes pensées. Je me souviens que c'était un fantasme récurrent : je vivais seule avec mon père, ma mère n'existait pas car sa présence m'obligeait à ranger, lire, et elle se disputait avec mon père. Elle me le prenait.

Mon père est tellement plus cool et sympa que ma mère. Il me donne les bonbons que je veux, s'habille mieux qu'elle, il écoute de la musique et joue avec moi. Et puis, il se rend rarement au travail la journée. Je sais que le travail est barbant, car ma mère m'y a emmenée une fois. Je m'y suis ennuyée à mort et elle ne s'est pas occupée de moi. Je l'aime tant que je voudrais qu'on soit tout seuls, lui et moi. Je n'imagine pas que ma mère soit morte ou un truc du genre, ce serait un peu violent, mais plutôt qu'elle n'est pas vraiment ma mère, qu'il y a eu une erreur. Dans ce scénario, je n'ai qu'un père, et nous vivons tous les deux ensemble pour toujours. Il me laisse manquer l'école et on mange des bonbons tout le temps.

Je suppose que ce n'est pas un choc pour moi. Je sais que j'aimais beaucoup mon père étant enfant. Mais je n'y pense jamais. Ou alors seulement quand on me pose des questions brillantes du genre : « Tu penses que tu es gay car ton père est un immense connard ? » Une interrogation basique, je suppose. Mais les gens me la posent invariablement en ayant l'impression d'avoir une idée géniale, comme si je ne me l'étais jamais posée et que je devais les remercier pour leur don extraordinaire de déduction.

Au contraire, cette question me met généralement hors de moi. Cela provoque une réaction instinctive me poussant à défendre de toutes mes forces ma sexualité. J'ai alors envie de crier : « Qu'est-ce qu'on en à foutre, des causes ? Je suis gay, OK ? Pourquoi tu me balances ton hétérosexualité normative à la gueule ? Pourquoi faut-il justifier qu'une gentille hétéro ait dû changer de direction pour se rendre à Gay-ville ? Qu'est-ce que ça peut te faire ? Tu vas en faire quoi, de ces "raisons" ? Et toi, pourquoi t'es hétéro ? Pourquoi as-tu tant besoin d'expliquer ma sexualité ? Pourquoi devrais-tu lier ma vie, parfaitement valable, à quelque chose de blessant et négatif ? Pourquoi tu n'irais pas te faire foutre et me laisser vivre heureuse et en paix à Gay-ville ? »

Jusqu'ici, j'ai toujours réussi à me mordre les joues assez fort pour laisser ce réflexe émotionnel passer sans rien dire. Et puis, réagir de manière aussi épidermique serait un peu hypocrite sachant que toute ma carrière repose sur la compréhension des comportements des autres. Au lieu de m'énerver, je dis à la personne suffisante qui me pose cette question que mon père n'était en effet pas la meilleure publicité pour me donner envie de choisir un partenaire masculin et que oui, il y a des preuves qui suggèrent que les gens de la communauté LGBTQ+ sont plus susceptibles d'avoir vécu des expériences d'abus à l'enfance que les hétérosexuels. Donc oui, il y a peut-être quelque chose à prendre dans leur théorie de génie. Ils ont peut-être résolu l'énigme de ma personne. Je suis peut-être aussi simple que ça.

Même si je suis toujours prête à dire que connaître les raisons d'une chose ne change pas son résultat, je suis gay à 100 %, et heureuse de l'être. Mais le jury cherche toujours à connaître les liens de corrélation entre l'orientation sexuelle et les abus subis. Êtes-vous gay car vous avez subi des agressions, ou avez-vous subi des agressions parce que vous êtes gay ? Les chercheurs se demandent toujours ce qui est arrivé en premier, la poule ou l'œuf ? Ils ne sont pas sûrs, car ils se demandent si les gens qui se reconnaissent queers, et ont déjà été stigmatisés, sont plus à même de s'identifier comme des survivants d'agressions que les membres de groupes dominants de notre société.

Je dis aussi à ceux qui m'interrogent que, même s'il n'y a aucune manière de savoir pour quelle raison je suis gay, leur théorie ne tient pas la route. J'ai toujours su que j'étais gay. Même quand j'étais beaucoup plus jeune et qu'il n'y avait pas d'élément sexuel, j'ai toujours été attirée par les femmes. Je mettrais donc une pièce sur l'option « née comme ça ». Mais s'ils cherchent des influences liées à mon environnement qui m'ont menée sur la route de Gay-ville, ils regardent probablement au mauvais endroit. Car je leur assure que mon attirance pour les femmes a fait son apparition quand j'étais la présidente du fan-club de mon père. Je n'ai pas très envie de disséquer les choses, car comme je le leur rappelle, le résultat me convient très bien. Mais s'ils veulent vraiment savoir, j'ai passé énormément de temps avec mon père pendant ma jeunesse. Je l'aimais et l'admirais. C'est très certainement cette proximité et mon désir de lui ressembler qui peuvent expliquer mon côté garçon manqué à l'enfance et mon homosexualité à l'âge adulte, plutôt que le dédain que j'ai développé a posteriori.

Oui, je dis aux gens, spécialement ceux qui posent ce genre de questions inappropriées, que j'aimais mon père, même si je m'en souviens rarement et ne ressens presque plus jamais ces sentiments. Ils me prennent par surprise. Cet amour est celui de ce bon vieux temps. Peut-être que le maintien du contact avec mon père est une ode à ces sentiments perdus depuis longtemps, mais qui m'ont habitée un jour.

Je réalise qu'ils ont disparu depuis des lustres et ont été presque oubliés, car ils ont été remplacés par quelque chose d'autre. J'ai été un jour assez jeune pour ne pas comprendre totalement quel homme était mon père et c'est pour cela que j'étais pleine d'amour et d'admiration pour lui. Si je l'avais perdu alors, à l'époque de sa tentative de suicide, j'aurais été totalement dévastée. Il ne me serait jamais venu à l'esprit que cette disparition ait pu être bénéfique. J'aurais simplement été meurtrie par sa perte toute ma vie durant. Autre point positif : j'aurais pu vivre en pensant que mon père disparu tragiquement beaucoup trop tôt était quelqu'un de gentil et bon. Mais je sais aujourd'hui que c'est faux. Peut-être que quand on apprend quelque chose, on ne veut pas revenir en arrière. J'aurais été furieuse s'il m'avait laissée avec l'impression qu'il était mon préféré, celui que j'aurais voulu garder à la différence de ma mère. Peut-être que c'est ce que j'aurais ressenti s'il avait réussi à mourir. Je ne l'aurais jamais vraiment connu. Ne pas l'avoir connu aurait laissé un trou béant en moi. Vivre avec lui a aussi laissé un trou en moi.

Au moins, celui que je porte aujourd'hui est honnête.

# *Un jour noir*

*C'est bruyant, ma mère pleure. Je passe mon bras autour d'elle et sens son corps trembler à chacun de ses gémissements. Les gens nous lancent des regards pleins d'empathie. Le discours de mon frère n'a pas dû aider et elle a dû écouter le sermon probablement touchant du prêtre. Le voici à présent en train de lire ce que ma mère a écrit, les mots qu'elle est incapable de prononcer. C'est probablement très dur pour elle.*

*Elle n'a pas besoin de ces mots pour pleurer. Nous pleurons tous.*

*Ma mère ne porte jamais de maquillage et aujourd'hui n'y fait pas exception, ce qui signifie qu'elle peut pleurer aussi fort qu'elle le souhaite. Elle peut se jeter, avec son visage sans maquillage, dans une fosse de désespoir. Je porte du mascara waterproof et de l'eyeliner. Ils sont efficaces, mais je dois me contrôler un peu. M'écarter du bord.*

*C'est probablement pour ça que je porte du maquillage aujourd'hui. J'ai envisagé de m'en passer mais cette pensée m'a terrifiée. Je savais que j'avais besoin d'une raison stupide, vaine, immédiate pour ne pas complètement tomber en miettes. Une raison pour tenir le coup et garder un peu le contrôle. Parce que, si je me laisse aller aujourd'hui, je ne pense pas que je pourrai revenir.*

# Une erreur

Mon téléphone sonne très fort. Je pense d'abord que je dois aller bosser, beurk. Mais il fait toujours nuit noire et mes rideaux Ikea ne sont pas aussi bons que ça. Et puis je suis presque sûre qu'on est dimanche. C'est quelqu'un qui m'appelle. Quelle heure est-il ? Mon réveil indique trois heures du matin. Je suis dans le gaz, mais je ne pense pas que ce soit un démarcheur qui m'appelle au milieu de cette foutue nuit. Je réalise qu'à cette heure, seules les mauvaises nouvelles sont annoncées au téléphone. J'attrape mon portable et vois que Freya m'appelle. Sa voix est un mélange de panique et de sommeil. Je lui demande ce qu'il se passe.

Elle est toujours en Grèce. Elle m'appellerait si tard à cause du décalage horaire ? Pourtant, ce n'est pas si loin. Elle est hystérique, il y a beaucoup de bruit derrière elle et la réception est très mauvaise. J'essaie de savoir où elle est, avec qui, mais elle ne dit rien et se contente de pleurer à chaudes larmes. Je finis par la convaincre d'aller dans un endroit plus calme, elle prend de longues respirations et commence à se calmer. Au bout de quinze minutes, temps pendant lequel j'arrive à établir qu'elle n'est pas en danger physique immédiat et vais à la cuisine me faire du thé, Freya commence à raconter son histoire.

Elle insiste sur le fait que son intention initiale était bien de se rendre dans un camp de réfugiés, mais elle voulait profiter un peu de la Grèce et trouver des infos sur l'endroit où elle devrait proposer son aide. Visiblement, elle a passé ses trois premières semaines dans une auberge de jeunesse donnant sur la plage de Thessalonique, se saoulant et faisant la fête avec des gamins en année de césure. Elle a rencontré un mec heureux de payer son hébergement quand elle s'est retrouvée à court d'argent. Il l'a gâtée à coups de cocktails Fishbowl, de MDMA, de poppers – c'est rétro, je me dis – et balades sur le *banana boat*. Quelle bonne prise. Elle a entendu parler du camp de réfugiés d'Eleonas, à Athènes, où elle s'est dit qu'elle pourrait être utile, mais avant de s'y rendre, elle a voulu visiter quelques sites. Elle a rencontré un guide qui l'a laissée dormir chez lui et lui a montré le Parthénon, l'Acropole et le Temple de Zeus. Et puis, elle s'est souvenue que son amie Eleni de l'université, qu'elle n'avait pas vue depuis quatre ans et qu'elle ne connaissait pas si bien que ça, vivait à Athènes. Elle lui a envoyé un message sur Facebook et demandé si elle pouvait passer la voir. Eleni a inexplicablement accepté.

Il faisait chaud quand elle est arrivée, et elle portait donc un haut qui mettait, selon elle, particulièrement en valeur son ventre. Au début, je ne suis pas sûre de la raison qui la pousse à évoquer sa tenue, si ce n'est pour me rappeler comme elle le fait souvent que je n'ai jamais eu le physique pour porter un *crop top*. Mais je comprends bien assez vite. Freya a été accueillie par la maisonnée grecque, où elle a été prise dans les bras de la mère, de la sœur et du frère d'Eleni, puis de cousins et de tantes, plus ou moins éloignés. Elle a été gavée de nourriture et de boissons de manière presque gargantuesque. Elle a régalé Eleni et sa famille de ses histoires londoniennes, de ses voyages, et de ses bonnes intentions concernant le camp d'Eleonas. Puis sa grand-mère, vieille, fanée et dodue, habillée tout en noir, s'est jointe à eux après sa sieste. Elle a mis un moment à réaliser qu'une étrangère se trouvait chez elle, mais ensuite elle s'est mise à parler grec très vite, lui offrant encore plus à manger et à boire, s'excusant de ne pas l'avoir remarquée avant. Elle s'est avancée vers Freya pour la traditionnelle embrassade grecque et quand ma sœur s'est levée pour la rejoindre, la vieille *yiayia* s'est encore plus agitée. Elle disait des « Enkyos », « moro » et « bravo » en montrant Freya, et plus particulièrement son estomac. Cette dernière comprenait suffisamment de grec et de langage corporel pour saisir de quoi il s'agissait.

C'est si gênant, pensa-t-elle. Freya avait tant profité de leur hospitalité qu'elle avait un petit bidon. J'imagine très bien ce qu'elle a pu ressentir, car j'ai honte de la même manière chaque fois qu'un homme me propose son siège dans les transports en commun. Cette tenue va directement à la poubelle quand je rentre, c'est ce que je pense habituellement dans cette situation. Et c'est ce que Freya s'est dit à propos du *crop top*. Peut-être qu'elle avait pris du poids et atteint l'âge où elle ne pouvait plus se permettre de montrer son ventre. Sauf que, elle a insisté sur ce point, ce n'était pas vraiment la même chose, puisque moi, je n'avais jamais pu mettre ce genre de tenue. J'étais rassurée de savoir que même dans ce tumulte émotionnel, elle n'avait pas laissé passer une occasion de me balancer une pique. Bref, elle était donc dans la maison de quelqu'un qu'elle connaissait à peine, en train de recevoir des félicitations pour sa grossesse de la part d'une vieille grand-mère à la vue défaillante et probablement un peu démente.

Comment se sortir de cette situation ? s'était-elle dit en mettant une chemise pour cacher son ventre, comme si ça allait faire oublier à tout le monde ce qui venait de se passer. Étant donné que la grand-mère avait parlé en grec, Freya pouvait simplement faire semblant de ne pas avoir compris. Après un moment de silence qui avait paru durer une éternité, pendant lequel tout le monde avait regardé tour à tour Freya et la grand-mère, Eleni avait commencé à parler avec la vieille femme. Freya s'imaginait qu'elle lui remontait les bretelles et lui expliquait qu'elle s'était trompée. Mais ce n'était pas ce qui s'était dit, puisque l'instant d'après, Eleni se tournait vers Freya et, dans un anglais impeccable, lui adressait ses félicitations à son tour. Elle se sentait si désolée et mal de ne pas l'avoir remarqué plus tôt. C'est pour ça que Freya lui semblait si lumineuse quand elle l'avait vue, ses cheveux si brillants et épais, et sa peau si belle. La sœur d'Eleni avait eu le même éclat chaque fois qu'elle était tombée enceinte, et elle avait eu trois filles. Peut-être que Freya attendait une fille elle aussi, les hormones du bébé en elle étant probablement ce qui lui donnait cette lumière si particulière.

Freya ne savait pas quoi dire. Comme la plupart des femmes, elle n'était pas ravie qu'on lui parle de son gros ventre, mais en même temps, elle ne pouvait pas se permettre de faire une scène dans la maison d'Eleni après avoir été si bien accueillie par sa famille. De plus, elle n'avait nulle part où aller les jours suivants. Freya s'était donc contentée de les remercier, affirmant qu'elle était fatiguée et avait besoin de faire une petite sieste. Eleni lui avait montré la chambre où elle resterait les jours suivants, Freya s'était alors sentie incroyablement fatiguée et était allée dormir, ricanant intérieurement de ce malentendu et se demandant de quelle manière elle continuerait de faire semblant d'être enceinte. En se réveillant quelques heures plus tard, elle fut foudroyée par l'idée terrifiante que c'était peut-être vrai. Quelque chose avait cliqué dans sa tête pendant son sommeil et elle savait. Elle le savait. Elle n'avait pas eu ses règles depuis des mois, mais elle n'y avait pas pris garde car ses mauvaises habitudes alimentaires et les drogues qu'elle prenait perturbaient régulièrement son cycle. Elle avait arrêté de prendre la pilule des années auparavant, car elle suspectait que ça influait sur son humeur, mais elle avait toujours utilisé des protections. Toujours ? C'était parfois difficile de se souvenir après une longue nuit, mais elle était presque sûre que oui. Ça ne pouvait pas être ça. Elle se parlait à voix basse, riant de nouveau du malentendu, un peu plus cette fois-ci à l'idée que non seulement cette famille l'avait insultée, mais qu'elle avait aussi fini par la convaincre qu'elle était vraiment enceinte.

Elle ne les contredit pas et fit semblant pendant quelques jours, ce qui s'avéra plus facile que prévu. Elle avait des brûlures d'estomac et n'avait donc pas du tout envie de boire. Et puis le tabou d'une jeune femme célibataire enceinte était tel dans la famille d'Eleni que personne ne lui posa de questions, tout en la chouchoutant. La seule difficulté fut de convaincre Eleni qu'une jeune femme dans son état pourrait se permettre de faire du bénévolat dans un camp de réfugiés. C'était un peu pénible, mais en même temps Freya appréciait qu'Eleni se soucie suffisamment d'elle pour essayer de l'empêcher de partir. Elle la laissa presque la convaincre de rester, finissant par croire à sa propre histoire. Mais non, elle devait y aller, et passerait d'abord par Milos, une île magnifique à la beauté intacte, même si elle n'était pas sur le chemin des camps. Vous avez l'impression qu'elle les évitait ? Moi aussi.

Malgré cette réputation de paradis sauvage, Freya avait réussi à y trouver la trace de touristes et s'était mise à faire la fête avec des étrangers à Adamas, jusqu'au petit matin. En chemin, elle avait acheté un test de grossesse, enfin même trois kits différents, sans trop y penser. Une nuit, dans les toilettes d'une boîte, elle avait laissé couler sur ces trois tests une urine rendue abondante par toutes les vodkas qu'elle avait bues malgré ses brûlures d'estomac. Après une courte attente, durant laquelle des fêtardes en colère frappaient à la porte des toilettes, le résultat des votes était là. Unanime. Les grand-mères ont toujours raison. Freya attendait bien un enfant.

Cependant, je savais que tout ça n'était pas suffisant pour la mettre dans cet état de crise. Elle était habituée aux pilules du lendemain et avait subi au moins un avortement, puisque je l'avais accompagnée. Son histoire continua. Elle était claire quant à sa décision, même si cela voulait dire rentrer en Angleterre pour la procédure. Mais après une recherche rapide sur internet, elle se rendit compte qu'elle n'aurait pas besoin de revenir à la maison : elle pouvait tout à fait se faire avorter en Grèce. Elle réussit à convaincre un touriste allemand de l'emmener sur le continent avec lui et se rendit dans une clinique à Athènes. Elle savait par expérience que cette procédure était douloureuse et se lamentait à l'idée de gâcher des jours de vacances. En plus, elle devrait encore attendre pour proposer son aide aux réfugiés. Hum, c'est ça.

Elle répondit aux questions indiscrètes du docteur, elle y était habituée, et elle n'était pas gênée de tendre ses échantillons de sang et d'urine, de se déshabiller ou d'écarter les jambes pour être examinée. Mais son cœur se serra quand l'infirmière et le docteur commencèrent à chuchoter en grec. Pourquoi parler si bas ? Elle ne les comprenait pas de toute façon. Elle savait en revanche que le chuchotement était mauvais signe. Et c'était bien le cas. Ils lui demandèrent de s'habiller et de s'asseoir en face du bureau quand elle serait prête. Son cœur battait si fort dans ses oreilles qu'elle dut leur demander de répéter. Vingt-cinq semaines, ils avaient dit de nouveau. Freya était enceinte de vingt-cinq semaines. Les muscles de son estomac avaient travaillé contre elle, gardant la nouvelle vie en bourgeon si profondément à l'intérieur d'elle que ce n'était qu'à ce stade que ça commençait à se voir. Elle ne pourrait jamais se faire avorter en Grèce, où la limite était de douze semaines. Et en Angleterre ? avait demandé Freya. Je peux rentrer immédiatement et tout va s'arranger. Mais ça ne servait à rien. Elle apprit que la limite y était de vingt-quatre semaines.

Que faisiez-vous il y a vingt-cinq semaines ? C'est difficile de s'en souvenir. Pour Freya aussi. Elle supposait que cette petite personne avait été conçue pendant son périple en Grèce. Elle devait fouiller dans son esprit à présent. Peut-être avait-elle couché avec le dealer débutant rencontré à une fête organisée dans une maison. Ils s'étaient roulés ensemble dans une pile de manteaux. Il y avait peu de chances qu'ils aient utilisé une protection. Mais elle était presque sûre qu'ils n'étaient pas allés jusqu'au bout. Ils avaient essayé et échoué. Ou peut-être pas. Quelque chose avait fonctionné, visiblement. Comment s'appelait-il déjà ? Elle ne le savait pas. Elle se souvenait juste de sa couleur de cheveux. Elle la retrouverait peut-être chez l'être humain en train de grandir en elle. Une fille. À la clinique, ils lui annoncèrent qu'elle attendait une petite fille.

On est au milieu de la nuit, et ma sœur crie, pleure, me hurle tout ça au téléphone. Je suis bien réveillée et calme. Je sais ce que je dois faire.

« Je t'achète un billet retour », je lui dis. « Tu vas rester avec moi, vous deux, jusqu'à ce que ça aille mieux. Ça va bien se passer. Tout va bien se passer. »

# *Un jour noir*

*Il est difficile de trouver des habits noirs pour bébé. Le noir n'est pas tendance pour les nouveau-nés. Il y a quelques marques visiblement spécialisées dans les vêtements pour les enfants de parents cools, et elles proposent du noir, mais en général leurs modèles sont invariablement trop « rock » pour cette occasion. J'ai du mal à penser que des motifs de petites têtes de mort seraient à leur place aujourd'hui.*

*Nous finissons par trouver quelque chose en ligne. Une robe noire magnifique avec de la dentelle. Elle est parfaite. Je me demande ce qui est passé par la tête de la personne qui l'a conçue. Un baptême pour bébé gothique ? Une tenue pour un bébé fashionista invité à un mariage.*

*Ou peut-être ça. Peut-être que c'est pour ce genre d'occasion que cette robe a été cousue.*

# *Un nid*

Il y a un paquet de trucs à faire quand on se prépare pour l'arrivée d'une nouvelle personne dans ce monde. La première chose que j'ai faite après avoir raccroché a été d'inscrire Freya à des cours de préparation à la naissance dans le quartier.

J'y vais avec elle et pendant ces séances, on apprend énormément de choses sur le grand jour. Ça a l'air horrible, mais maintenant que j'ai lu deux livres incroyables sur le sujet, bourrés de détails et d'images, rien ne peut plus me choquer. Je suis contente que ce soit quelqu'un d'autre qui renseigne Freya, car elle refuse de m'écouter ou de lire les livres que j'ai achetés. J'ai déjà préparé son sac pour l'accouchement, bien trop en avance, et je vérifie régulièrement que je n'ai rien oublié.

Le corps de Freya a été gentil avec elle de bien des façons. Elle n'a pas été malade, mis à part quelques maux d'estomac. Bien sûr, elle s'est dit que si elle avait eu des nausées matinales, elle se serait rendu compte bien plus tôt qu'elle était enceinte et elle ne se serait pas autant imbibée d'alcool et de substances illicites. Elle a arrêté tout ça dès qu'elle a appris sa grossesse. C'est ce qu'elle dit, je la vois chaque jour à présent et je la crois. Elle mange les plats *healthy* que je prépare, elle se repose, fait un peu d'exercice et son corps se comporte bien. On espère toutes les deux qu'il continue de l'aider ainsi jusqu'à la naissance. Sur le plan de la santé jusqu'ici, elle est éligible pour la plus belle chambre de la maternité. Si vous faites abstraction des filets aux murs, utilisés pour sortir les excréments de la piscine, la salle d'accouchement est comme une suite dans un bel hôtel avec un jacuzzi. Et même si je me suis un peu moquée au début, j'ai accompagné Freya aux cours d'accouchement sous hypnose. Je pense qu'elle sera capable d'accoucher de manière naturelle, sans péridurale. Ce qui est plutôt ironique vu le nombre de drogues qu'elle a prises jusqu'ici.

Dans une tentative de contrecarrer l'écosystème plutôt hostile dans Freya avant qu'elle sache qu'elle avait un bébé à bord, j'ai stocké de quoi aider un nouvel humain à grandir. Il y a des compléments vitaminiques bien sûr, acide folique, vitamines B, D, du fer et tout le reste. Mais il n'y a rien qui remplace un régime alimentaire équilibré. Je remplis le frigo de produits laitiers bourrés de protéines, qui pourraient aussi réduire le risque d'éclampsie et d'infections vaginales. Freya ne supporte pas la viande rouge pendant la grossesse, ce qui est apparemment courant, mais j'essaie de lui en faire manger autant que possible pour les protéines et le fer. J'ai finalement appris à cuisiner des plats savoureux à base de lentilles et pois chiches et je force Freya à en manger pour le folate qu'ils contiennent. Il sera assimilé de manière plus efficace par son organisme que sous forme de gélules. Je lui fais des frites de patate douce comme accompagnement, car elle les aime et qu'elles contiennent du bêta-carotène qui deviendra de la vitamine A dans son organisme. Des études ont montré que manger des légumes verts peut réduire le risque d'un poids faible à la naissance, donc j'en mets dans tous les plats. Et puis ils sont pleins des vitamines dont a besoin une femme enceinte. Vous avez demandé de la vitamine K ? Qui se serait douté qu'il y avait une vitamine K ? Je prépare des plats à base de saumon qui fourniront à Freya et à ma nièce les acides gras et la vitamine D nécessaires. Et j'ai lu qu'on n'en avait jamais trop. Mais je ne leur en donne que deux fois par semaine car je ne veux pas qu'elles fassent une overdose de mercure non plus. Tous les matins, je prépare des œufs, avec pour but que Freya en mange trois ou quatre. En général, elle en avale deux, mais c'est déjà bien pour avoir la quantité requise de choline pour un cerveau et un système nerveux sains. Souvent, les œufs sont posés sur un lit d'avocat étalé sur du pain complet. L'avocat contient des bonnes graisses qui solidifient la peau et les tissus. Le pain, c'est encore d'autres vitamines B, des fibres et du magnésium. Mais comme ils nous l'ont expliqué en cours de préparation à la naissance, on ne doit pas se concentrer seulement sur la croissance et la naissance du bébé. Il faut penser à la vie après l'accouchement.

C'est donc ce que je fais.

J'ai préparé de grandes quantités de plats, prêts à être réchauffés quand nous n'aurons plus la force de cuisiner. J'ai pris des cours accélérés de conduite et j'ai désormais le permis. J'ai acheté une voiture et, bien qu'initialement j'aie été terrorisée à l'idée de prendre le volant, je fais des progrès. Je m'oblige à conduire un peu chaque jour dans le but de diminuer ma peur de moitié. J'ai acheté un siège-auto qu'on peut mettre dans les deux sens, même si je sais qu'il faut le diriger vers l'arrière au début et qu'on l'ajuste ensuite quand le bébé devient une petite personne. J'ai acheté une poussette qui est très légère et facile à manœuvrer dans les rues et les transports à Londres. C'était censé être un modèle simple à plier, mais il nous a fallu un moment avec Freya pour y parvenir. Ce n'était pas mon choix initial, mais ensuite j'ai lu sur internet que quelqu'un y avait coincé les doigts de son bébé, lui laissant des cicatrices, et donc je l'ai rapporté et j'ai acheté ce modèle, beaucoup plus léger. Je regarde régulièrement les avis en ligne pour vérifier qu'aucune partie du corps d'aucun bébé ne s'y est trouvée coincée. J'ai acheté des langes avec des animaux mignons, des soutiens-gorge d'allaitement et des pads pour absorber les fuites, un tire-lait et des bouteilles pour stocker le lait maternel au frigo, une machine qui stérilise les bouteilles et qui donne la température adéquate de manière précise. J'ai aussi acheté du lait en poudre, en cherchant lequel était le plus nutritif par rapport au lait maternel. Bien sûr, tout le monde dit que ce dernier est le meilleur, mais personne ne sait ce qui peut arriver, et le lait en poudre peut être utile, même juste après la naissance. Je me rassure en me disant que les études affirmant que le lait maternel a de nombreux bienfaits, à la différence de celui en poudre, datent un peu. Le lait en poudre d'aujourd'hui est sûrement mieux, non ? Je croise les doigts.

J'ai mis des protections pour enfants dans tout mon appartement. Cela semble prématuré bien sûr, car un bébé ne bouge pas beaucoup au début, mais je voulais m'avancer avant que ce soit l'enfer chez moi. J'ai mis des bloque-portes puis des protections sur toutes les ouvertures et les coins de tables. C'est vraiment très moche et ça m'a beaucoup frustrée au début, mais maintenant je suis surprise quand je vais chez quelqu'un et que je peux facilement ouvrir le frigo ou un placard contenant des produits dangereux. J'ai fait nettoyer mes tapis en utilisant seulement des produits hypoallergéniques et interdit les chaussures dans mon appartement. J'ai acheté un couffin et un berceau installés dans la chambre d'ami, où Freya a élu domicile. La chambre de Freya. Ce n'est plus une pièce inoccupée à présent. J'ai réservé des places pour un atelier où l'on apprend à fabriquer soi-même un mobile pour le berceau. Ceux que l'on a ramenés étaient trop moches et je n'avais pas confiance en leur solidité donc j'ai cherché les meilleurs modèles pour éveiller un bébé et stimuler son développement. J'en ai acheté trois, pour varier.

Je me suis aussi renseignée sur les jouets les plus à même d'aiguiser les sens du bébé et me voilà désormais en possession d'un tas de gadgets colorés et bruyants, mous pour les premiers mois, puis de plus durs que j'espère être capable de la laisser utiliser quand elle grandira. Je me fais avoir par tout ce qui mentionne *Bébé Einstein* ou *Bébé Newton* dans le titre, c'est-à-dire beaucoup de jouets. Excellent marketing. Je me suis aussi inscrite à une ludothèque pour ne pas faire de gaspillage et j'ai investi dans une quantité industrielle de produits de nettoyage et lingettes pour m'assurer que les jouets empruntés par des bébés dégoûtants seront propres quand je les donnerai à ma nièce.

J'ai largement réduit le temps que je passe à m'occuper de mon père pour limiter au strict minimum les vibrations négatives pouvant affecter la vie du bébé à venir. N'étant pas millionnaire, je ne peux pas prendre plus souvent l'auxiliaire de vie, donc j'ai embauché mon frère. Bien sûr, Rob s'est plaint et a résisté au début, et honnêtement chaque jour depuis, mais il a fini par s'y mettre et fait plutôt du bon boulot. Il est même devenu copain avec les voisins de mon père, des gens à qui je n'ai jamais parlé, et il a commencé à leur rendre de petits services et à faire des courses pour eux en échange d'un peu d'argent. Il ne nous parle toujours que très peu, mais il est plus agréable. Peut-être avait-il juste besoin de se sentir utile. Il ne m'a pas échappé que ma mère, Freya et toute notre famille élargie pensent que Rob devrait décrocher un foutu prix Nobel de la paix pour avoir fait pendant deux mois ce dont moi je m'occupe depuis des années, sans que personne ne s'en soucie. J'essaie de ne pas m'attarder là-dessus et de simplement apprécier l'aide offerte par Rob, et le chemin qu'il a parcouru.

J'ai invité à la maison tous mes amis ayant des enfants, dans le but de nous exposer, Freya, quand elle accepte de passer du temps avec eux, et moi, à leur sagesse de parents. Ma sœur se fatigue rapidement des gens, en particulier quand ils ont des enfants, et elle n'a donc personne à ajouter à la liste d'invités. J'espère que notre osmose va nous aider à nous préparer pour la naissance, même si tout le monde nous dit que rien ne peut nous préparer réellement à ce qui nous attend.

Je regarde autour de moi, mon appartement, ma vie, ma sœur et moi-même, et je vois que nous sommes en train de construire quelque chose. Un nid ? Une famille ? J'ai vu des amis fonder des familles autour de moi et c'était naturel pour eux de se conduire de cette façon. Ça ne l'est évidemment pas pour moi. Je n'ai jamais désiré tout cela, jamais imaginé que cela pourrait se produire. Ce n'est même pas moi, la foutue femme enceinte. Mais regardez-moi. Je suis devenue quelqu'un que je ne reconnais pas. Jusqu'à récemment, je ne pouvais rien imaginer de pire que d'avoir une enfant dans ma vie et j'étais reconnaissante d'être gay, car cela signifiait que la plupart des gens autour de moi, à l'exception de Jamie, n'attendraient pas qu'il y ait un bébé dans l'équation. Mais maintenant ? Je ne suis plus simplement membre d'un groupe. Je me sens comme une créatrice, une protectrice, une nourricière, une tante. Ou quelque chose de plus ? Évidemment, j'ai cherché des informations sur ce phénomène dans la littérature de la psychologie évolutionniste, celle sur laquelle je me repose pour trouver un sens à ce monde. J'essaie de comprendre pourquoi une vieille fille lesbienne comme moi se comporte de cette manière et je trouve quelque chose se rapprochant d'une réponse. Je me suis tenue à distance des théories sur l'évolution de l'homosexualité, mais c'est la première fois que je décide de m'y plonger.

Pour faire simple, le consensus général est que nous, les gays, sommes une énigme. De nos jours, on peut aller dans une clinique pour se faire implanter un embryon ou recourir à une mère porteuse, mais pendant notre évolution, nous n'aurions pas dû survivre à notre homosexualité. Nos ancêtres n'auraient pas eu de relations hétérosexuelles et donc pas de bébés capables de transmettre nos gènes gays et notre drapeau arc-en-ciel. Maintenant, si je fais abstraction des lesbiennes *gold-star* qui n'ont jamais couché avec un homme, je peux voir la valeur de cet argument. Si la sélection agit sur le pouvoir reproductif, nous devrions, nous autres gays, être les moins performants dans ce domaine non ?

Il s'avère que beaucoup de gens ont essayé de nous l'expliquer. De ma formation accélérée sur Google, j'apprends qu'il y a des gens pour qui les gènes gays masculins persistent dans la population car ils rendent les femmes qui les portent plus fertiles. Une théorie proche de celle un peu vague de mon ami Lara, qui prétend que le fait d'avoir deux frères homos la rend plus attirante.

Il y a ceux qui avancent que l'avantage de l'hétérozygote est en jeu. En d'autres termes, si de fortes doses d'une mutation génétique particulière vous rendent gay et réduisent vos chances de créer une nouvelle vie, des doses moyennes permettraient un tel coup de boost sur le plan de la procréation que cela annulerait les effets négatifs de l'homosexualité. Il y a aussi la théorie qui affirme que le fait que les humains soient capables de créer des liens très forts avec des individus du même sexe est très utile en termes de survie du groupe. Ces liens sont juste parfois un peu plus forts que ce que l'on imaginait au début. C'est similaire à l'attitude initiale de ma mère vis-à-vis de ma sexualité, qui suggérait que je pourrais simplement rester amie avec les filles qui m'attiraient.

Mais l'hypothèse qui me semble pertinente ici concernant une lesbienne en particulier, moi, évoque l'effet des gènes gays sur la survie de l'unité familiale. Elle affirme que les gays sans enfant, comme moi, constituent des aides non négligeables pour les neveux et nièces, augmentant leurs chances de survie et la transmission de mes gènes gays. Il y a même quelques preuves réelles pour soutenir cette idée, car les études ont montré que les gays aident davantage leurs nièces et neveux que les hétéros. De plus, ils s'engagent plus souvent dans des carrières altruistes, une preuve de plus de notre bonne volonté. Cela explique des choses, non ? Peut-être ? Mais je ne sais pas quoi faire de cette information car elle vient avec cette nouvelle personne que je suis en train de devenir.

J'ai toujours été quelqu'un qui ne voulait pas d'enfant. Je m'imaginais être maladroite avec eux. Néfaste ou négative pour eux. Ma nièce n'est pas encore là, mais je peux déjà sentir que je me suis trompée. J'ai commis l'erreur de penser que je répéterais ce que j'avais vécu. Que la présence d'une famille me pousserait à me comporter comme mon père. Mais je suis bien plus que ça. Je peux être meilleure que ça. Je me jette à corps perdu dans la mission de garder Freya et ce bébé en bonne santé. Je fais des plans, je construis un nid, je lis des livres sur la parentalité et les familles gays.

Et tout ce temps, je pense à Jamie, et combien je me suis aussi trompée sur notre couple.

# Des retrouvailles

Cela fait sept mois que Freya a eu bébé Savannah. Ne me demandez pas pourquoi elle a choisi ce prénom, j'ai décidé de ne pas commenter et gardé une expression neutre quand elle me l'a annoncé. Son nom complet est Savannah Christine Jessica Miller. Christine pour notre mère, et Jessica, eh bien moi, probablement pour m'apaiser quant au choix du premier prénom.

« On pourrait juste l'appeler Jessica pour faire plus court, non ? » avais-je suggéré.

« Non », fut la réponse simple de Freya.

J'étais présente quand le bébé est né. Trente-huit semaines, 3 kilos et 100 grammes avec une tête couverte de cheveux noirs. La plus belle chose que j'aie jamais vue. Ce qui avait rattrapé ce que j'avais dû endurer avant son apparition. J'aurais très bien pu vivre sans voir un vagin dans cette situation, et encore moins celui de ma sœur. J'avais tenté de contrôler mon regard autant que possible, me tournant de l'autre côté de l'affaire, mais je n'avais pas pu m'empêcher de fixer le placenta quand il était apparu. Mon Dieu.

Pour dire la vérité, les premières semaines ont été si brumeuses et infernales que je peine à croire qu'elles ont vraiment eu lieu. Vannah, comme Freya a décidé de l'appeler pour faire court, ne pouvait pas garder de lait dans son estomac minuscule et avait besoin d'être nourrie constamment, jour et nuit. Freya avait choisi de passer ces semaines à errer dans l'appartement, avec une Vannah en train de se nourrir, de pleurer, de faire des siestes et de faire caca sur elle, les rideaux ouverts et toujours dévêtue puisqu'il n'y avait aucun intérêt à s'habiller dans cette situation.

Puis les points de Freya se sont infectés et elle a dû être hospitalisée pendant une semaine.

Ça a donc été mon tour de déambuler dans l'appartement pour calmer Vannah, tenant sa tête en permanence et utilisant un mélange de lait maternel et en poudre, tout en priant pour que son cerveau reçoive les nutriments nécessaires pour se développer. J'ai aussi opté pour un état prolongé de nudité, car qui a vraiment le temps de s'habiller quand un bébé demande en permanence quelque chose et quand vous êtes toujours couverte de lait, bave, vomi, urine et de ces choses bizarres qui sortent de la bouche d'un bébé ? Je suppose qu'on faisait du peau à peau sans vraiment le vouloir. Peut-être que c'est ça être un bon parent : vous vous débattez dans un état de terreur désespérée, puis vous cherchez une logique a posteriori pour justifier vos choix.

Les choses se sont calmées et sont devenues plus gérables quand Freya est rentrée de l'hôpital. Vannah s'est mise à dormir plus longtemps et a même réussi à faire des nuits de sept heures récemment. Freya et moi avons pu nous remettre à fonctionner comme des êtres humains. Terrifiée à l'avance des poussées de dents, je fais de mon mieux pour emmagasiner du sommeil tant que je peux, même si je ne suis pas sûre que ça marche comme ça. J'ai acheté des tonnes de bouteilles de gel et d'objets en plastique pour que Savannah puisse mordre dedans. Ils attendent tous dans le frigo que ce moment horrible arrive. Freya s'est bien remise et paraît avoir intégré ce nouveau chapitre de sa vie avec un enthousiasme inhabituel. On est plus proches que jamais. Parfois, quand je porte Savannah, je surprends Freya qui me regarde avec sérénité, amour et gratitude. Il y a quelques mois, elle m'a avoué se souvenir à présent. Quelque chose dans la vision de moi avec Savannah a réveillé sa mémoire et elle se rappelle que je m'occupais d'elle enfant, que j'allais la chercher à l'école, lui cuisinant des pâtes et des pancakes surgelés au poulet croustillant, lui coiffant les cheveux et embrassant ses bobos. J'étais bien sûr consternée, car je me suis promis de ne jamais donner de saletés transformées et industrielles comme ça à Savannah – on est *team* bio dans cette maison –, mais j'étais aussi touchée. Cela voulait dire beaucoup pour moi. Je n'ai jamais vu Freya se comporter de manière si attentionnée et désintéressée avec qui que ce soit avant Savannah. Et je ne l'ai jamais vue si résiliente, optimiste et lumineuse. Elle paraît avoir trouvé un sens à sa vie, une direction.

Savannah m'a transformée aussi. J'ai complètement arrêté de penser au travail après que l'université et la fondation qui financent mes recherches ont renoncé à poser des questions sur mon congé parental, soit par progressisme, soit par peur de paraître politiquement incorrects. J'ai pris du poids en me gavant de sucre pour rester éveillée la nuit. J'ai un trou qui aurait bien besoin d'être soigné dans ma molaire inférieure gauche et je ne peux pas me souvenir de la dernière fois où j'ai utilisé du fil dentaire. Je ne porte quasiment plus jamais de maquillage et mes vêtements sont toujours froissés, pas assortis et sales. Les lignes sur mon front et autour de mes yeux sont devenues si profondes que je ne peux plus me mentir en me disant qu'une crème onéreuse effacera ces marques. Et de toute façon, je n'aurai ni le temps d'aller la chercher ni l'argent pour l'acheter. On dirait toujours qu'on vient de me sortir du même tiroir de la commode que mes vêtements et qu'on n'a pas non plus eu le temps de me repasser.

Les lignes autour de ma bouche sont aussi plus marquées à force de sourire de joie quand je regarde Savannah, ce qui est logique, j'imagine. C'est la façon qu'a l'évolution de s'assurer que l'on prenne soin des bébés quand ils sont le plus vulnérables pour garantir la transmission de nos gènes. Mais connaître la signification scientifique de tout ça n'atténue pas le pur plaisir de voir son sourire, ses bâillements ou ses bulles de bave dégoûtantes. Elle est comme tous les bébés et ce n'est même pas ma fille, mais Savannah est pour moi la chose la plus fascinante que j'ai jamais vue. Je la regarde quand elle dort, serrant ses petits poings, cherchant un sein imaginaire qu'elle voit probablement en rêve, et je suis emplie d'amour, mais aussi de panique, et je ne cesse de vérifier si elle respire, angoissée par la mort subite du nourrisson. J'aurai toujours peur pour elle. Mais je sais aussi que mon amour pour elle ne diminuera jamais. Il sera toujours en moi. Je prendrai toujours soin d'elle, plus que de moi. J'aurai moins peur de la vie, car tout ce que je fais a maintenant un sens plus grand et plus important. Je ferai toujours ce qui est en mon pouvoir pour la protéger.

Rien de tout ça ne me ressemble, je sais. On dirait quelqu'un d'autre, de normal, quelqu'un que je pourrais admirer, à qui je pourrais ressembler. Qui suis-je, désormais ? Les mois un peu plus calmes venant de s'écouler m'ont permis de dormir, mais aussi de me poser cette question. Suis-je quelqu'un d'autre ? Ou alors ai-je toujours été cette personne, mais je ne m'en rends compte que maintenant ? N'étais-je pas dure, froide, brisée, tordue, emplie de regrets, obsédée par la mort et le suicide ? N'étais-je pas celle qui peinait à décider si sauver une vie n'avait pas été la pire chose qu'elle ait jamais faite ? N'étais-je pas tout cela avant que Savannah arrive ? Ou alors me suis-je toujours raconté la mauvaise histoire ? Et si j'ai fait des choix basés sur cette histoire, sur celle que je pensais être, n'avais-je pas tort tout du long ? Et Jamie, alors ?

La semaine dernière, encouragée très fortement par Freya, j'ai tenté de la joindre. Je lui ai envoyé un SMS pour savoir comment elle allait. Elle m'a répondu presque immédiatement, ce qui est, je l'espère, plutôt bon signe. Elle m'a dit qu'elle allait bien et qu'elle était heureuse d'avoir de mes nouvelles. Un autre point positif, non ? Elle m'a appelée Jessie, comme avant. C'est la seule personne à utiliser ce diminutif et ça m'a fait du bien. Elle m'a demandé comment j'allais et j'ai pu lui répondre que les choses allaient bien mieux que la dernière fois où on avait été en contact. Je lui ai demandé si on pouvait se voir. Elle a dit oui et m'a invitée chez elle.

Donc j'y vais.
Aujourd'hui.
Chez Jamie.

Freya m'a aidée à répéter pour ce rendez-vous, notamment ce que je veux lui dire. Pour quelqu'un dont aucune relation n'a duré plus de quelques mois, ma sœur me donne des conseils étonnamment bienvenus. On arrive à quelque chose de bien moins gênant que ce que j'aurais pu préparer seule. Elle a aussi choisi ma tenue pour moi, toute noire et, ce qui est assez rare en ce moment, complètement propre. Chic, même. C'est un peu forcer le destin, mais Freya me dit que je devrais probablement essayer d'être à mon avantage où que j'aille, ce qui veut probablement dire que je devrais prendre plus soin de moi. Pour la première fois depuis des mois, je me rase les aisselles, m'épile les jambes et le maillot. Je prends bien soin de décolorer les poils qui ne cessent de pousser sur ma moustache et dans mon cou.

Je me suis fait couper les cheveux, ce qui n'est pas arrivé depuis plus d'un an, et j'attrape dans ma trousse à maquillage fond de teint, eyeliner et brosse à sourcils. Je ne dors toujours pas tant que ça. Quand je me regarde dans le miroir, j'ai l'impression de me retrouver face à mon moi d'avant. Mais une meilleure version. C'est comme si j'avais enfilé ma vieille armure et ça fait du bien. Cela me donne assez confiance en moi pour prendre Freya et Vannah dans mes bras, puis ma mère, qui est venue garder le bébé pour que ma sœur puisse se reposer un peu. Je leur dis au revoir et pars rejoindre Jamie chez elle. Dans cet appartement qui était le nôtre, avant.

Le trajet en métro m'est familier et je me retrouve dans mon vieux quartier sans m'en rendre compte. Je vois et sens des choses familières qui me renvoient à l'époque heureuse où je vivais avec Jamie. Mon estomac se noue à l'idée de tout ce que j'ai perdu. Il y a le vieux cordonnier qui a fabriqué mon double de clés pour que je m'installe chez elle. Il y a la pizzeria où on s'arrêtait après nos nuits blanches et où ils oubliaient systématiquement d'enlever le fromage pour Jamie. J'insistais alors pour repasser commande et devenais à ses yeux une figure héroïque. Il y a la boutique de réparation où on avait déposé mon téléphone, dont l'écran s'était brisé quand Jamie me l'avait lancé avec grâce et que je l'avais raté de manière vraiment spectaculaire.

Mais tout ne m'est pas familier. Quand je vivais ici, je pouvais passer mes dimanches à aller de café en café, explorant tous les endroits sympas du quartier. Quelques années plus tard, la gentrification a tant progressé et fait pousser tant de boutiques qu'il semble impossible de toutes les visiter en une journée ou même une seule semaine. Tant mieux pour Jamie, je me dis. Je suis heureuse pour elle que le quartier soit devenu plus agréable que ce dont je me souvenais. Je remarque un nouveau fleuriste et y achète un magnifique bouquet hors de prix composé de lys blancs, ceux que Jamie préfère. Je passe ensuite devant un nouveau bar et peine à me souvenir de ce qu'il a remplacé. Puis un nouveau restaurant japonais, et je me demande si Jamie l'a essayé, peut-être est-ce désormais son préféré. Ça aurait pu être notre préféré, si je n'avais pas été aussi conne.

Sans que je m'en rende compte et me sente prête, me voici déjà en train de tourner dans la rue de Jamie. Mon ancienne rue. Et je me rapproche de son immeuble. Mon ancien immeuble. Je monte les marches et sonne. À mon ancienne porte. J'entends du bruit à l'intérieur, ou plutôt je le sens, mon cœur bat et me renvoie au début de notre relation, quand je lui rendais visite et devais essuyer la sueur sur mes paumes avant de tenter d'adopter une attitude nonchalante pour l'accueillir. Je recommence. J'essuie la sueur dans mes mains, je tente de m'appuyer avec la gauche sur l'encadrement de la porte et finis par ressembler à une personne bizarre et un peu flippante. Je me redresse, mes mains humides derrière le dos, comme un soldat débutant et terrifié, et je pense : calme-toi, c'est juste Jamie, vous avez vécu ensemble pendant quatre ans. Il n'y a pas de raison d'avoir peur.

Elle ouvre la porte. Immédiatement, je suis beaucoup plus calme. C'est juste Jamie avec qui j'ai vécu pendant quatre ans. Celle qui m'a caressé les cheveux quand j'étais malade. Dont j'ai senti le souffle dans mon cou chaque soir avant de m'endormir. Celle à qui je pense chaque fois que la solitude me pèse trop. C'est juste Jamie. En l'observant de plus près, je vois qu'elle est différente. Je dois ajuster mon image mentale, celle qui correspond aux photos de nous deux que je continue de regarder régulièrement. Ses cheveux sont plus courts, coupés au carré. Son visage paraît plus rond, mais dans le bon sens. Elle a l'air plus mature, plus détendue et moins apprêtée. Elle a de nouvelles lunettes, plus épaisses et plus noires que les précédentes. Elle est toujours habillée tout en noir. Elle ressemble toujours à une lesbienne qui travaille dans une galerie d'art, le meilleur compliment qu'on puisse lui faire, mais cette fois elle est la directrice, à l'aise dans cette position. Je voudrais lui dire ça, mais je n'y arrive pas.

« Salut Jamie. Tu as l'air en forme. »

« Salut Jessie. Toi aussi. »

J'ai envie de la contredire, mais je me retiens car elle ne ment peut-être pas. Après tout, Freya m'a aidée à me maquiller et j'ai fait un effort pour avoir une bonne nuit de sommeil. Et puis l'anxiété et le fait que j'aie appris à cuisiner pour quelqu'un d'autre avant la naissance de Savannah m'ont fait perdre du poids. Je ne suis pas si grosse en ce moment. Pas grosse à proprement parler, en tout cas.

Jamie me remercie pour les fleurs et m'invite à entrer. Voir son appartement me fait le même effet que la voir elle. Je le connais mais il a changé. Des choses manquent, certaines qui sont à présent chez moi, d'autres qui ont juste disparu. Les photos de nous deux, bien sûr. Les cartes que je lui avais offertes et qui ornaient notre bibliothèque. Où est le poster que j'avais acheté pour elle dans le but de boucher le trou dans le mur où nous avions imaginé qu'il y avait une cheminée avant ? Dans une autre pièce ? Ou évaporé, lui aussi ? Où est le chat chinois porte-bonheur qui était toujours sur le buffet ? Je n'ai jamais su où elle l'avait eu mais je l'aimais, et maintenant il n'est plus là. Il y a de nouvelles choses aussi. On avait acheté ce vase en argent ensemble ? Je ne crois pas, mais il est magnifique. Jamie a un goût impeccable. Je suis soulagée qu'on se voie ici et pas chez moi.

« Tu as fini la cuisine », dis-je en jetant un coup d'œil depuis le salon.

« Oui, j'ai finalement mis des carreaux blancs. » Je préférais les verts et notre désaccord avait mis les travaux en stand-by. Je me rends compte maintenant qu'elle avait raison.

Elle me demande de m'asseoir et me propose une boisson chaude, avant de s'éloigner pour préparer du thé vert. Je m'assois sur le canapé John Lewis dont on avait rêvé avant de finir par l'acheter ensemble. J'avais dû racheter de nouvelles housses après avoir passé les premières à la machine, en voulant économiser le prix exorbitant du pressing. Je regarde Jamie s'affairer dans la cuisine et je suis traversée par un intense sentiment d'irréalité, comme si nous étions deux actrices dans une pièce de théâtre. Elle joue l'hôte accueillante et moi l'invitée. Mais c'est juste du spectacle, car nous avons déjà répété et joué cette scène les soirs précédents. On est aussi familières qu'il est possible de l'être. Et pourtant, nous devons jouer la comédie. Avec une conversation polie et du thé.

« Comment ça va, au travail ? » demande-t-elle depuis la cuisine.

« Merci de demander, mais j'ai pris un congé pour le moment. Ça fait du bien. »

« Oui j'imagine, ça doit être agréable. »

« Et toi ? »

« La routine. J'ai hâte de prendre quelques vacances. »

« Ça va être agréable, oui. »

Toutes ces choses si *agréables*.

Jamie revient avec un plateau. Je peux sentir que c'est du thé vert au jasmin.

« C'est mon préféré », je dis.

« Je sais. »

Un silence gênant s'installe entre nous.

Je remarque qu'elle a laissé le sachet dans la tasse, une de mes vieilles habitudes. J'ai arrêté de faire ça il y a quelques années sur les conseils de mon dentiste, qui m'a prévenue que les tâches produites sur mes dents allaient me donner l'air d'une vieille dame qui fume quarante cigarettes chaque jour. Désormais, je mets du lait de soja et bois mon thé avec une paille métallique, mais je décide de ne pas le dire à Jamie. Une autre fois peut-être. Je n'ai peut-être pas besoin de dents blanches, peut-être juste de revenir à comment les choses étaient avant. Je ne suis pas la seule dont les habitudes ont changé. Elle s'est fait une camomille.

« De la tisane. » Je lui fais remarquer sans vraiment le vouloir.

Elle rougit un peu. « J'ai appris à aimer ça. Peut-être que je vieillis. »

De nouveau ce silence gênant. J'aurais préféré ne rien dire. Je ne voulais pas la mettre dans l'embarras. Peut-être qu'elle a déjà bu quatre cafés noirs aujourd'hui. Ou que son dentiste lui a conseillé d'arrêter le thé pour ne pas avoir l'air vieille et en mauvaise santé, elle aussi.

On parle de la météo, qui est agréable. Elle me dit que le jardinage avance. Ça me surprend, car on ne prêtait pas attention au petit bout de terre qui va avec l'appartement du temps de notre relation. Elle m'explique que la palissade est plus haute désormais et que le petit carré de jardin est mieux protégé. Elle y cultive des herbes aromatiques.

Le jardinage est très relaxant, m'explique-t-elle. Pendant que je l'écoute parler et commente ce qu'elle dit avec une histoire de plant de piment hérité d'un collègue au travail, et qui pour être honnête semble sur le point de mourir depuis que je m'en occupe, je répète le discours mis au point avec Freya. Celui où je dis à Jamie que je suis désolée, tellement désolée de l'avoir blessée, de m'être enfuie, et coupée de ce que nous avions construit. Je pensais faire ce qu'il fallait. J'avais imaginé qu'elle fuirait si elle savait ce qu'il y avait au plus profond de moi. Et si elle ne l'avait pas fait, nos enfants, eux, auraient pris leurs jambes à leur cou. J'avais complètement tort. Ou peut-être au moins, pas totalement raison. J'ai un enfant dans ma vie à présent et avec Jamie, c'est la plus belle chose qui me soit arrivée. Je veux que Jamie fasse partie de cette famille non conventionnelle que je suis en train de construire. Et je veux plus que tout être le parent des enfants de Jamie, des miens, et pas seulement de celui de ma sœur, même si je la considère comme ma fille aussi. Je sais à présent que c'est ce dont j'ai envie. Et, plus important encore, je pense que je suis douée pour ça. Ou au moins aussi douée que n'importe qui. Je suis désolée d'avoir mis tout ce temps à m'en rendre compte et désolée de la douleur que je lui ai causée dans ce processus. Si elle a ressenti ne serait-ce que la moitié de ma souffrance de ces deux dernières années, je comprendrais parfaitement qu'elle ne me pardonne jamais. Mais je veux qu'on soit ensemble pour toujours, qu'on se construise un futur et qu'on oublie ces quelques années de séparation.

Profitant d'une pause dans la discussion jardinage, je rassemble mon courage, pose ma tasse sur la table et prends un ton sérieux.

« Jamie, j'ai quelque chose à te dire. »

« OK, Jessie, je devine la raison de ta venue. »

J'essaie de continuer, mais elle m'en empêche.

« Je voudrais parler en premier, s'il te plaît. » Jamie lève la main pour me faire taire.

Ça ne se passe absolument pas comme prévu. Je voulais montrer mon jeu, m'ouvrir à elle, plaider ma cause, lui donner de quoi prendre sa décision. Mais elle est ferme, quoique gentille, dans son désir de parler d'abord. Un scénario que Freya et moi n'avons absolument pas imaginé. Je reste assise et je l'écoute.

« Ça fait un moment que je veux te contacter », commence-t-elle. Je suis touchée, c'est le destin, on voulait toutes les deux parler à l'autre. Enfin, je ne crois pas au destin, mais j'ai déjà rencontré un professeur de neurosciences qui était un fervent défenseur de la télépathie. Tous ces signaux électriques ne peuvent pas rester dans le crâne, disait-il. Certains sortent. Peut-être qu'il avait raison. Jamie a dû sentir mon changement. Et moi son désir, en retour.

« J'imagine que tu sais à quel point notre séparation m'a rendue malheureuse », continue-t-elle. « J'étais brisée, de partout, dans mon corps, mon cœur, physiquement et émotionnellement. Je n'arrivais plus à fonctionner. Je n'avais jamais ressenti une douleur aussi forte de toute ma vie. Je voulais comprendre tes raisons, mais j'en étais incapable. Je pensais qu'on s'aimait. J'étais tellement, tellement, tellement amoureuse... »

J'acquiesce de manière franche pour lui assurer que oui, on s'aimait, je l'aimais. Et l'aime toujours.

« Je n'arrivais pas à comprendre pourquoi tu étais partie comme ça. Et puis vivre dans cet appartement sans toi a été une torture. Tu as détruit notre vie ici et m'as laissée ensuite vivre seule dans les ruines. Mes souvenirs étaient partout, dans chaque pièce, chaque livre, chaque cuillère à la noix. Et ça ne s'arrêtait pas quand je quittais l'appartement. Je ne pouvais pas t'échapper. Mon cœur se brisait chaque fois que je tombais sur cette horrible marque de céréales pour enfants que tu voulais manger pour le dîner, sur le déodorant que tu portais, sur le vin dégueulasse que tu trouvais bon car quelqu'un t'avait dit dans le magasin qu'il valait bien plus que son prix. J'étais une plaie béante sur pattes, suintant la douleur autour de moi. Elle contaminait tout. »

« Pareil pour moi », je dis pour lui emboîter le pas, car ça ressemble à ce que j'ai vécu ces dernières années. Mais elle continue.

« Je n'étais pas simplement triste, Jessie. J'étais terriblement en colère. Furieuse que tu aies pu être assez arrogante pour prendre cette décision pour moi, apparemment pour mon bien. J'étais pleine de rage, mes entrailles étaient en feu.

Je sentais la colère, l'amertume et la bile me ronger et je ne savais pas quoi faire. Je n'avais jamais ressenti ça avant et je ne voyais pas le bout du tunnel. J'avais peur de rester comme ça, aussi énervée, brisée, introvertie. Je te jure, la première année, j'ai eu l'impression de retenir ma respiration en permanence. De manière plus ou moins consciente, j'espérais que tu reviennes à la raison. À chaque SMS, appel, coup de sonnette, j'imaginais que c'était toi qui changeais d'avis et revenais à la maison. Mais bien sûr, ce n'était jamais le cas. »

Hourra ! J'ai envie de crier. Le jour que tu as tant attendu est arrivé ! Ton grand amour est de retour. Ce sont mes mots qui sont venus jusqu'à ton téléphone, ma main qui a frappé à ta porte, ma bouche qui boit ton thé vert et qui veut te boire toi, à nouveau. Pourtant, je sens quelque chose dans mon corps, dans mon cou, mon estomac. Je sens l'arrivée d'un « *mais...* »

« Mais... » Jamie continue, moins vite, de manière plus réfléchie. « ... Un jour, peut-être quatorze mois après ton départ, j'ai eu une promotion au travail. J'ai envoyé tout de suite un message à ma mère, à Calum et Susie, qui m'ont tous beaucoup soutenue, et j'ai fêté ça dans un bar à côté avec mes collègues. Et le lendemain, en célébrant de nouveau cette nouvelle au brunch avec ma sœur, je me suis rendu compte que je n'avais pas songé à te prévenir. Je ne veux pas dire que je t'aurais contactée pour t'annoncer la nouvelle, mais j'ai réalisé que je n'en avais pas envie. En fait, ça ne m'était même pas venu à l'esprit. Au début, quand tu es partie, je voulais tout te raconter. C'était comme si rien dans ma vie n'était réel tant que je ne l'avais pas partagé avec toi, tu vois ? »

Je voyais.

« Mais j'étais là avec cette grosse promotion, tu te rappelles peut-être que c'est celle que j'attendais depuis des années. Et je n'avais même pas songé à t'en parler. Je me suis rendu compte que je ne me souvenais plus de la dernière fois où j'avais voulu te contacter pour te dire quelque chose. J'ai pleuré parce que je ne l'avais pas vraiment cherché, mais petit à petit, c'était arrivé. C'est peu après ce moment, cette libération, que j'ai commencé à voir les choses clairement. J'étais là avec le poste dont je rêvais, j'arrivais à passer à autre chose, à retrouver ma vie, et j'aurais dû être totalement heureuse, mais je pouvais sentir ce vide en moi, qui avait toujours été là mais que notre bonheur ensemble avait partiellement comblé. Ce vide grandissait et je suis allée faire une thérapie même si ce n'était probablement pas nécessaire pour comprendre que ce vide était laissé par des enfants ou une famille. Soudain, j'ai vu les choses avec ta logique. J'ai compris, car je n'étais plus aveuglée par l'amour. »

Ce qu'elle dit me crève le cœur. Elle ne m'aime plus, et ce depuis un moment.

« Je pouvais voir que tout ce que tu avais dit et fait était juste. Je suis sûre que tu as compris à quel point ça a pu me faire du mal d'admettre que tu avais raison. »

Sa blague ricoche sur moi, mais je me force à sourire.

« Tu avais raison. Je l'ai vu. Et je me suis sentie libérée de toi, je crois. Libre de chercher ce qui allait combler le vide en moi, car il n'aurait pas pu être comblé pour toujours par notre amour, j'aurais fini par le voir et t'en vouloir. Ou alors, j'aurais refusé de voir les choses en face et de porter tout ça ma vie durant. J'apprécie que tu aies empêché que ça arrive. Tu m'as laissé l'espace pour rencontrer quelqu'un, une personne avec le même vide qui aurait envie de construire avec moi la pièce manquante pour le combler. »

Elle fait une pause. Je comprends d'après son silence et son regard qu'elle attend de moi que je dise quelque chose. Mais je ne sais pas quoi. Ma tête tourne et j'ai l'impression d'avoir raté quelque chose, car tout ce que je retiens est qu'elle ne m'aime plus. Je suis revenue trop tard, son amour s'est évanoui. Jamie s'enfonce dans le sofa, enlève l'écharpe noire qui entoure son cou et ouvre son gilet en cachemire. Et je le vois. Et je le comprends.

Jamie baisse les yeux et sourit. « Tu es venue pour me féliciter, nous féliciter et te vanter d'avoir eu raison depuis le début. »

Je n'arrive pas à me forcer à sourire cette fois, mais elle fixe de manière trop intense son ventre, son nouvel amour, pour s'en rendre compte.

« Avant que tu fasses ça, je veux te remercier. Merci d'avoir fait ce qu'il y avait de mieux pour moi. Tu étais toujours quelqu'un de bien, de meilleur que ce que tu pensais. Je te l'ai souvent dit. Mais il s'est avéré que tu étais aussi meilleure que ce que j'avais imaginé moi aussi. Alors, merci. »

J'ai la tête en vrac. Peut-être que si je parle à Jamie de mon nouveau rôle de tante, de mère, de quelque chose entre les deux, elle se souviendra qu'elle m'aime, que son amour n'est jamais parti, réalisera qu'elle a retenu sa respiration tout ce temps et qu'on peut maintenant souffler ensemble, comme une famille cette fois. Peut-être que je n'ai pas tout gâché ? Qu'il n'est pas trop tard ? J'ai l'impression de tomber. Je parcours la pièce des yeux à la recherche de quelque chose qui pourra me calmer, sur lequel me concentrer. Je m'arrête finalement sur une photo posée sur une étagère – comment ne l'ai-je pas vue avant ? – de Jamie avec son bras autour d'une femme, qui n'est pas si différente de moi, sauf qu'elle n'est pas moi, bien sûr, car elle a Jamie. Les voir ensemble me rappelle ce que j'ai perdu. Elles ont l'air heureuses. Dans un champ. Pour cueillir de la lavande peut-être ? Moi aussi, j'ai fait ça avec Jamie, une fois. Elle sourit tellement que j'ai envie de sourire moi aussi. Je me tourne vers la vraie Jamie en face de moi, qui attend toujours que je dise quelque chose et je vois le bonheur dans sa chair. Je me rends compte que moi aussi, je suis heureuse. Je veux dire, à cet instant précis, je suis sous le choc, brisée, dévastée, et malgré tout, je suis heureuse que Jamie ait ce qu'elle désirait. Elle mérite ce bonheur et je suis contente de me dire que j'y ai contribué, même si ce n'est pas de la façon que j'espérais.

Je réalise aussi que je ne suis pas seulement heureuse pour Jamie. Je suis heureuse de ma vie. Contente est peut-être un terme plus approprié. Ou satisfaite. Je ne suis pas heureuse à ce moment précis. Je suis à des putains d'années-lumière du bonheur. J'ai perdu Jamie pour toujours et le poids de cette perte est écrasant. Ça va être dur, mais je sais que je ne vais pas m'effondrer comme la première fois où je l'ai perdue. J'ai une famille à présent. Savannah et Freya. J'ai aussi un espoir nouveau : celui d'être meilleure qu'avant et de pouvoir viser le même bonheur que Jamie.

« Je te l'avais bien dit », je dis finalement, me forçant à rigoler. « J'ai toujours raison. Félicitations, je suis vraiment heureuse pour toi. »

Je décide de ne pas lui parler de Savannah, ça n'a plus de sens maintenant. On retourne à des sujets de discussion sans importance et Jamie ne remarque pas ou fait semblant de ne pas voir la mélancolie dans mes yeux. Trente minutes plus tard, je me lève pour quitter cet endroit, qui a été mon chez-moi un jour. Elle me raccompagne à la porte et me prend dans ses bras. Je peux sentir son ventre de femme enceinte se presser contre moi, et je la serre un peu plus fort et respire son odeur une dernière fois.

# Un succès

Bien sûr, le bonheur que je ressens pour Jamie et les fleurs que j'ai jetées à mon existence ne m'empêchent pas de me triturer le cerveau. Il est désormais bourré de questions rhétoriques. Comment ai-je pu autant me tromper sur celle que j'étais et ce que je voulais ? Comment ai-je pu merder de manière si monumentale ? Et quand je suis revenue sur Terre, comment ai-je pu être assez arrogante pour imaginer que Jamie avait attendu une ratée comme moi toutes ces années ? Pourquoi ne me suis-je pas réveillée plus tôt et n'ai-je pas été celle qui l'aurait rendue heureuse ? Et si je suis si heureuse que je veux bien le dire aujourd'hui, alors pourquoi ai-je si mal dans la poitrine, comme la première fois qu'on s'est séparées ? Je me sens plus mal, plus vide, mais pourquoi ? Si je me sens soi-disant si bien alors pourquoi ai-je autant de mal à respirer maintenant que tout ça ne dépend plus de moi, que ce n'est plus mon choix et qu'une décision finale a été prise ? Pourquoi suis-je encore et toujours une putain de nulle ?

Ces questions forment la bande-son de mon voyage retour à la maison et alors que je tourne la clé dans la serrure, prête à raconter mes misères à Freya, je me dis que je ne suis jamais tombée si bas et que je n'ai jamais été si malheureuse.

Je me trompe.

L'appartement est calme, et je me rappelle que ma mère a pris Vannah pour la journée. Je préfère laisser Freya se reposer et je ferme la porte de la cuisine pour préparer du thé le plus silencieusement possible. Mais ça ne va pas. Je parcours la cuisine en rejouant la conversation avec Jamie et, le temps que l'eau soit chaude, je décide que je ne suis pas capable de garder tout cet auto-apitoiement, cette auto-flagellation et cette sensiblerie pour moi. J'attrape une tasse de plus. Freya aura besoin d'être alerte pour m'écouter pleurnicher. Je prends un sachet de thé vert pour moi et un Yorkshire noir pour elle. Toute sa vie, Freya a refusé la caféine. Elle a absorbé toutes sortes de drogues, mais en ce qui concerne la caféine, son corps a toujours été un temple, une église mormone même. Mais ça, c'était avant l'arrivée de Savannah et depuis, elle est si fatiguée qu'elle a commencé à boire ce genre de thé en me prévenant que c'était ça ou prendre de la coke. Désormais accro à la caféine, Freya ne boit que du thé noir ou du Yorkshire, celui-ci étant le plus fort, et comme elle le dit si bien, les habitants du Yorkshire savent faire du thé. J'ai essayé de lui expliquer que les études montrent que le thé et le café ne servent qu'à amener les accros à la caféine au même niveau d'alerte que ceux qui n'en boivent pas et que si je pouvais remonter le temps, je ne commencerais jamais à en boire. Mais comme chaque fois que je commence une phrase qui parle d'études scientifiques, Freya me dit d'aller me faire voir dans mon labo et de retourner jouer avec mes araignées.

Je laisse son sachet infuser plus longtemps que le mien, et j'ajoute du lait pour éviter les taches sur les dents. Je mets une sucrette dans la tasse de Freya, mais garde la mienne *au naturel*. J'attrape une tasse dans chaque main et marche vers la porte, puis me souviens que j'ai fermé la cuisine. J'essaie d'ouvrir avec le bas de ma main droite, mais c'est impossible. Je me recule en faisant un petit saut, tout en essayant de ne rien renverser, puis actionne la poignée avec mes fesses. Elle s'ouvre beaucoup plus vite que prévu et je perds l'équilibre, avant de me rattraper sans compromettre les précieuses boissons.

Je me rappelle qu'il y a aussi une autre porte et que c'est pour ça que je devrais utiliser un plateau. D'habitude, j'y pense trop tard, mais pas aujourd'hui, youpi ! Une petite victoire dans un jour horrible. Je remets les tasses sur le plan de travail et cherche le plateau avec une peinture de William Morris. C'est Jamie qui me l'a offert et elle a dû m'expliquer plus d'une fois qui il était. Un mec sympa apparemment, mais à cet instant je n'ai envie de penser ni à lui ni à elle. J'ai regardé dans tous les tiroirs et sur toutes les étagères. Je suis prête à abandonner, persuadée que j'ai dû le laisser chez Jamie quand on a rompu – même s'il n'y a aucune chance que ce soit le cas, car je me souviens d'avoir pleuré dessus pendant les premiers mois post-rupture. Je finis par le repérer, posé au-dessus d'un placard. Même sur la pointe des pieds, je ne peux pas l'attraper. J'ai peur de sauter pour l'empoigner et de me prendre sur la tête ce qui repose sûrement dessus. J'utilise le marchepied acheté par Freya pour attraper le plateau poussiéreux. Je le passe sous l'eau et pose les tasses avant que le thé ne refroidisse. Mon voyage reprend. Je fais quelques pas avant de me rendre compte que j'ai mal placé les tasses et qu'elles valdinguent. Je retrouve symétrie et équilibre, riant intérieurement de cette situation qui a attiré mon attention, pour quelques secondes au moins, sur autre chose que Jamie. Ces instants sont passés cependant et je reviens au point de départ, à mon indécision et mon échec. Mon ventre se noue à l'idée de devoir expliquer à Freya que notre plan n'a pas fonctionné. Que Jamie est passée à autre chose et est heureuse. Et que je suis heureuse pour elle. Même si je me sens misérable. Je sais que Freya voudra savoir exactement ce qui s'est dit et me reprochera de ne pas avoir essayé assez fort. Je lui demanderai d'être gentille avec moi et je sais qu'elle le sera. Je me glisserai dans le lit à côté d'elle, on boira du thé et on papotera comme deux sœurs, comme lorsque nous étions beaucoup plus jeunes. Quand on aura fini nos tasses, je lui demanderai de me prendre dans ses bras, elle rouspétera en me traitant de gros bébé, mais me fera un câlin. Le contact d'un être humain devrait, je l'espère, libérer en moi de l'ocytocine, de la dopamine et de la sérotonine. Et pendant quelques minutes, ce sera suffisant pour que je me sente bien.

Je suis presque en haut des marches quand les muscles de mon bras gauche se tendent sous le poids du plateau. Il n'est pas spécialement lourd, mais j'ai tendance à avoir des crampes depuis que je porte Savannah. Pour rester positive, malgré mon ventre qui a grossi, mes bras ont plus de tonus, ce qui ne sert pas à grand-chose en cas de crampes. Je perds un peu l'équilibre et, en regardant les marches derrière moi, je suis prise de vertige. Sans respirer, je grimpe les dernières marches aussi vite que possible. Arrivée en haut, je souffle mais ne regarde toujours pas en bas. Les tasses sont toujours en place malgré ces acrobaties. Elles sont toujours pleines, mais un peu de thé s'est renversé et forme des motifs qui se mélangent à ceux des fleurs de William Morris. J'incline légèrement le plateau, éblouie par la beauté accidentelle produite par la situation. Une amie de ma mère lisait l'avenir dans les feuilles de thé et je me demande quelles informations sur mon futur sont cachées dans le thé renversé. J'ai l'impression que ça ne dit rien de bon, pour commencer je vais bientôt boire du thé froid. Quand la crampe cesse, j'attrape le plateau à deux mains.

En tournant sur le palier, je suis déçue de trouver la porte de Freya fermée. J'espérais vraiment en avoir fini avec les obstacles. Les mains toujours prises, j'essaie de frapper avec le coude. Mais le tissu de mon pull étouffe le bruit. J'essaie plusieurs fois, mais elle ne répond pas. Je prends le plateau sur mon bras gauche, même si je ne suis pas sûre qu'il soit remis, et frappe avec la main droite. Pas de réponse. En regardant le thé renversé, je suis envahie d'un autre vertige, sauf que je suis sur la terre ferme. En fait ça n'a rien à voir avec un vertige, c'est un déjà-vu. Je frappe frénétiquement à la porte et finis par l'ouvrir. Elle est sur la couette, le dos tourné vers moi, et je sais immédiatement. Mais j'ai déjà cru savoir avec Freya avant, et je me suis trompée. Je ne veux pas savoir. J'ai encore de l'espoir.

« Freya ? Je t'ai apporté du thé. »

Pas de réponse.

« Freya ? », je dis encore une fois, un peu plus fort en avançant vers le bout de son lit.

« Ça ne s'est pas bien passé avec Jamie... Réveille-toi s'il te plaît... J'ai besoin de toi. »

Je lui fais face à présent. On dirait qu'elle dort. Peut-être qu'elle est juste endormie. Mais il y a quelque chose qui ne va pas. La couleur de sa peau. Elle est aussi trop calme. Qu'est-ce que c'est, au bord de son lit ? Et pourquoi le plateau est tombé, déversant le thé sur moi ? Pourquoi est-elle aussi raide ? Pourquoi elle ne bouge pas, alors que je la secoue dans tous les sens ? Et c'est quoi ce bruit horrible, est-ce que quelqu'un peut l'arrêter ? Pourquoi est-ce que je suis en train de m'étouffer ?

Je recule et me rends compte que je suis celle qui produit ce son guttural et abominable. Je crie, je gémis, je ne peux pas me contrôler. Je dévale l'escalier, hurlant, non, non, non. J'attrape mon portable dans mon manteau et appelle une ambulance, gardant espoir, même si j'ai tué assez de rats de laboratoire pour savoir que c'est fini. Je retourne là-haut en courant, avalant les marches quatre à quatre. Et je commence à faire comme les gens à la télévision, ce que j'ai appris en regardant *Brownies* à l'âge de huit ans. Je pince le nez de Freya et souffle dans sa bouche. Après un moment, je me rappelle que ce n'est peut-être pas ça, que je dois faire. J'ai lu quelque part qu'il faut juste faire un massage cardiaque. Mais pourquoi je ne me suis pas inscrite pour apprendre les premiers secours au travail ? J'appuie avec mes deux mains sur sa poitrine, fort, encore, encore, encore et encore, et je respire dans sa bouche et je continue encore, encore, encore, encore, encore, encore, encore, encore, encore...

L'ambulance arrive. Et même si trop de temps est passé, j'ai encore de l'espoir, et je descends en trombe l'escalier. Leur vitesse, leur urgence, leur coordination sont impressionnantes et j'ai encore de l'espoir, j'y crois encore, même si je sais: ils auraient dû envoyer un corbillard. C'est trop tard. Plus d'urgence dans leur attitude. Ils sont respectueux, empathiques. Ils me le confirment.

C'est trop tard.

Ils sont désolés.

Ils sont désolés, il n'y avait rien à faire.

Ils sont désolés.

Je les regarde, absente. Ils font leur travail, déplacent Freya avec douceur, et je leur en suis reconnaissante. Ils me disent des choses que je n'entends pas, essaient de me faire quitter la pièce, mais je continue de fixer le lit. Ça ne peut pas être réel car je dois lui raconter ce qui s'est passé avec Jamie. Elle aurait envie de savoir. Je lui ai fait une tasse de thé. Elle aime le thé désormais. J'allais l'obliger à me faire un câlin. Elle en aurait eu envie si j'en avais besoin.

Et à cet instant, j'en ai vraiment, vraiment, vraiment besoin.

# Une lettre

*Maman, Jess, Savannah, Rob, je suis désolée.*

*Je suis désolée. Je suis désolée.*

*Si vous pensez à moi désormais, sachez que je vous aime et imaginez-moi vous dire que je suis désolée pour toujours, car c'est le cas. Aucun d'entre vous n'a fait quoi que ce soit de mal et aucun de vous n'aurait pu changer ce qu'il s'est passé.*

*Je sais que vous ne pouvez pas le comprendre, mais je veux que ça arrive depuis si longtemps, je ne peux plus tenir car tout me fait souffrir, tellement souffrir. Je suis partie en Grèce pour le faire avec le soleil et les montagnes, mais ensuite j'ai appris pour toi Savannah, et j'ai attendu que tu sois là et assez grande, car tu es ma plus grande réussite. Je dois quand même partir et j'espère qu'un jour tu réaliseras que tu es bien mieux sans moi.*

*Merci Jess, pour tout ce que tu as fait. J'espère que les choses vont s'arranger avec Jamie, vous ferez des parents parfaits. Prends soin de Savannah, elle est à toi désormais.*

*Je vous aime tous.*
*J'ai laissé beaucoup de lait maternel dans le freezer.*

*Freya X*

# Une réponse

La première chose à laquelle je pense quand je lis la lettre de Freya trouvée sur sa table de nuit est de savoir comment elle l'a imprimée. Notre imprimante est cassée depuis des lustres. L'a-t-elle réparée ? Est-elle allée à la bibliothèque ? Ou alors, elle l'a imprimée il y a des mois ? A-t-elle cassé l'imprimante en imprimant sa lettre d'adieu ? Elle a dit que ce n'était pas elle, mais ce serait bien son genre de l'avoir cassée en refusant de l'admettre. La deuxième chose que je fais est de courir en bas et vérifier le freezer. Freya a bien laissé énormément de lait maternel. Elle a dû le stocker depuis des semaines. Comment ai-je fait pour ne pas m'en rendre compte ?

La troisième chose que je fais est de me précipiter aux toilettes et de vomir.

La quatrième chose est d'appeler ma mère. Je n'ai pas réfléchi à ce que je vais lui dire, donc je panique quand j'entends sa voix et je raccroche. J'aurais dû aller lui annoncer en personne, j'aurais pu chercher comment lui dire mais c'est trop tard maintenant. Quand elle rappelle, je dois m'y prendre à quatre fois pour lui dire cette chose en faisant les cent pas dans le salon. Ça finit par sortir : Freya est morte. Elle l'a fait. Elle a essayé encore, mais cette fois elle a réussi. On l'a laissée tomber.

« Quoi ? » Ma mère rigole. « Mais voyons, on était avec elle il y a un instant. Elle m'a donné du gâteau au chocolat et un bourbon. »

« Ah bon ? », je dis. « On n'en a pas. Elle a dû les acheter pour l'occasion. »

Qui achète un gâteau au chocolat avant de se tuer ?

Ma mère lâche le téléphone, je crois, je ne sais pas. Je ne l'entends plus, il y a du bruit étouffé et puis elle reprend le téléphone, crie, hurle, elle est hystérique et tout est extrêmement bruyant. Il y a quelque chose derrière elle. Je réponds à ses questions comme je peux, c'est-à-dire mal car je n'ai pas de réponses à lui donner. Et puis elle est de nouveau partie. Je sais qu'elle va venir ici. Je ne sais pas si elle me l'a dit.

La cinquième chose que je fais est d'aller aux toilettes et de vomir encore. Je n'ai plus rien et ma gorge brûle sous l'effet de la bile. Je suis encore prise de spasmes. Je veux tout sortir. Mon sang. Mes entrailles. Je veux être aussi vide que je me sens à présent. Je n'en suis pas capable. Je n'en suis pas capable. Je n'en suis pas capable. Je veux revenir en arrière. Juste d'une heure peut-être. Je veux être celle qui pensait être dévastée, car je n'avais aucune idée de ce que ça voulait dire. Je veux revenir à cette innocente tristesse car comparé à ce que je ressens à présent, c'était un putain de bonheur. Cette tristesse est insupportable et je veux crier.

Donc, je crie.

Je crie jusqu'à ce que je sente avoir brisé quelque chose dans ma gorge, et je suis heureuse de cette douleur physique, je veux casser chaque partie de mon corps en criant.

La sixième chose que je fais est de penser à Savannah. Cela devrait m'anéantir, cette pensée. Mais en fait, non. Elle m'aide à me reprendre.

La septième chose que je fais est d'allumer mon ordinateur et de commencer à écrire ce texte.

# *Un souvenir*

J'ai trente-deux ans et Freya vingt et un. Elle a lutté pour décrocher un diplôme en géographie et je culpabilise d'avoir passé si peu de temps avec elle alors que je me rappelle combien l'université était dure. Je suis allée lui rendre visite à Manchester quelques fois chaque année, mais j'étais tellement prise par mes recherches, la quête d'une publication et d'une source de revenus, sans parler de ma relation naissante et phénoménalement heureuse avec Jamie, que j'ai négligé ma sœur. Quand j'en parle à Jamie, elle suggère que j'emmène Freya en vacances une semaine cet été, dans un endroit où elle pourra se détendre et oublier l'attente des résultats. Je déteste être loin d'elle, aussi codépendant que cela puisse paraître, et une semaine serait la plus longue séparation que nous ayons vécue. Mais Jamie a raison et quand j'invite Freya, celle-ci saute de joie.

Je l'emmène aux Açores, car je trouve un séjour pas cher et ça ressemble à une destination où on peut éviter les bandes de *lads* en goguette. Je ne fais pas beaucoup de recherches sur les îles, seulement assez pour apprendre qu'elles sont portugaises, ont la réputation d'être magnifiques et je découvre comment circuler entre elles. Ce n'est qu'en arrivant à l'aéroport que je me rends compte de la durée du vol – les Açores ne sont absolument pas à côté du Portugal – et que l'avion est en fait minuscule. Quand il décolle, il tangue de manière périlleuse et j'agrippe l'accoudoir des deux mains jusqu'à ce que mes phalanges soient toutes blanches. Freya commence à se moquer de moi, mais comme je ne réponds pas, elle prend et serre ma main, puis se colle à moi pour que je me sente calée entre elle et la fenêtre, soutenue, stable, rassurée.

Étant deux femmes aux besoins et goûts simples, nous sommes plus que satisfaites de notre logement trois étoiles et passons le premier jour allongées au bord de la piscine, organisant la suite du séjour. Freya sympathise immédiatement avec une femme, Malia, sur la chaise longue à côté de nous, et parvient à obtenir des boissons gratuites pour fêter la fin de son année universitaire. Malia nous explique qu'elle vient de Hawaii, et que les Açores sont, après son île d'origine, le plus bel endroit qu'elle ait jamais vu. Elle note pour nous un itinéraire, l'ajustant quand elle comprend à nos expressions honteuses qu'on n'a pas le permis. Elle nous pousse à accepter de nous joindre à elle, son mari et ses deux filles dans leur immense voiture de location et nous emmène à la réception pour que nous réservions des visites en groupe.

On n'est pas déçues. On admire des vues incroyables, en roulant sur des collines vertes installées sur des volcans éteints. On plonge nos pieds nus dans le sable noir et on regarde l'eau lécher la côte. On voit la terre s'éloigner derrière nous depuis des voitures et des bus alors que l'on grimpe des montagnes luxuriantes pour trouver des chutes d'eau et nous baigner dans des sources naturelles. On festoie d'une nourriture un peu fade mais tout de même excitante, enterrée et cuite juste à la chaleur de la terre. Ces vacances de dernière minute se transforment en la meilleure expérience de notre vie. Freya ne cesse de me remercier et demande comment je savais que les Açores étaient si magnifiques. Je suis honnête et lui avoue que c'était un coup de chance, mais je vois qu'elle ne me croit pas. Elle pense que sa grande sœur est incroyablement modeste et je finis par jouer le jeu, faisant comme si j'avais prévu tout cela depuis le début. Les visites en bus sont marrantes et bien organisées et nous permettent de passer du bon temps ensemble. On se surprend aussi à apprécier encore davantage les moments avec la famille de Malia. Celle-ci nous traite comme si on était des leurs, nous préparant les mêmes pique-niques que pour son mari et ses filles. C'est étrange de me dire que malgré l'importance de ces moments, je suis incapable de me rappeler leurs noms à présent. Ils appartiennent simplement à Malia. Une des filles doit avoir dans les vingt-cinq ans et ne cesse de ramener la conversation à ses fiançailles récentes, ce qui a l'air désagréable mais est en fait adorable sur le moment. L'autre fille a l'âge de Freya et est en dernière année de sa formation de danseuse, ce qui peut aussi paraître agaçant mais ne l'est pas du tout. La famille respire le soleil, la détente, le bonheur, et je commence à penser que cela déteint sur Freya et moi et que nous reflétons leur lumière.

Un soir, Malia insiste pour que nous dînions avec eux. Ils nous emmènent dans un des endroits les plus luxueux où j'ai jamais mangé, où de futurs serveurs d'élite sont formés, et la nourriture arrive en portions minuscules, ce qui paraît effrayant au début mais nous rassasie finalement tout à fait. Malia et son mari nous offrent le repas et ne cessent de commander du vin. Je passe un très bon moment mais réalise aussi que je suis un peu nerveuse. Il y a quelque chose qui se noue dans mon estomac et cette sensation augmente à chaque nouvelle bouteille que l'on vide. Cela me tombe dessus, c'est évidemment cette scène familiale qui me met mal à l'aise. Il m'arrivait la même chose au début où je fréquentais la famille de Jamie. Nous voici avec Malia, son mari et leurs deux filles, et tout le monde boit beaucoup, y compris le père. Nous rions, blaguons, sourions, un moment de partage où on apprend à se connaître. Et moi, je me sens nerveuse. Très très nerveuse. J'attends que quelque chose déraille. Que ce petit cocon familial se transforme en une scène de violence horrible. J'attends en fait que quelqu'un agisse comme mon père.

« Si ça ne vous embête pas, les filles, de m'en parler, je me demandais quelle était la situation avec votre père, car vous avez surtout parlé de votre mère. » demande Malia.

Mon filtre ne fonctionne plus et je réponds honnêtement, du tac au tac. « Nos parents sont divorcés, ce qui est sûrement pour le mieux, car être mariée à mon père est carrément horrible. »

Il y a un silence. Freya me lance un regard qui veut dire « Pourquoi tu gâches tout ? Tu ne peux pas faire semblant d'être normale pour une fois ? »

Les membres de la famille se regardent puis Malia soupire. Elle s'excuse et me dit que je n'ai pas besoin d'en parler si je n'en ai pas envie – ce qui est le cas. Elle me répond qu'elle comprend, et m'explique qu'elle a déjà été avec quelqu'un comme ça, le père de ses filles. Il n'était pas quelqu'un de bien non plus. Il était malade et très tourmenté. Elle me raconte que son mari, assis avec nous – elle utilise probablement son prénom, dont je ne me souviens toujours pas – est le beau-père de ses filles, mais comme il s'est beaucoup plus occupé d'elles que leur géniteur, elles l'appellent Papa. Elle me dit que leur père biologique – je réalise qu'elle baisse la voix quand elle parle de lui – les a quittées quand elles avaient respectivement deux et cinq ans. Elle ne veut clairement pas trop médire de lui devant ses enfants, mais répète qu'il avait de nombreux problèmes, que tout arrive pour une raison, tout en serrant la main de son mari, celui qui est sain. Même si elle ne le dit pas, je peux voir clairement qu'elle a l'impression que les choses se sont déroulées pour le mieux, elle est heureuse avec cette vie, son gentil époux, à passer des vacances agréables remplies de dîners sympathiques et alcoolisés. Elle paraît heureuse que ses filles soient rayonnantes et elles ne l'auraient pas été autant avec leur père à problèmes à table. Alors qu'elle dévie vers un sujet de conversation plus léger, elle me lance un regard compatissant, comme pour dire qu'elle est désolée que Freya et moi n'ayons pas pu connaître un destin heureux comme celui de ses filles. Tout cela ne dure qu'un instant, et peut-être qu'il n'a même jamais eu lieu, que c'est seulement le vin. Pourtant, à la fin de la soirée, elle me serre fort dans ses bras et me renvoie le même regard. Je suis alors sûre que cette scène a bien eu lieu. Quand on retourne à notre chambre, toutes les deux ivres, mon esprit s'emballe. Je reste allongée sur le lit, fixant le plafond et j'hésite à parler à Freya, de l'autre côté de la chambre.

« Pourquoi tu as fait ça ? » dit-elle à ce moment précis.

« Fait quoi ? »

« Parler de Papa au repas. C'était tellement gênant ! »

Je rappelle à Freya que ce n'est pas moi qui en ai parlé mais Malia. J'ai simplement répondu à sa question.

« Tu vois très bien ce que je veux dire », répond-elle, exaspérée.

« Oui, oui, je vois. »

Un silence s'installe et je ne sais pas comment le briser.

« Je suis bourrée », je dis, car je suis bourrée.

« Moi aussi. »

« C'est pour ça que j'ai parlé de lui. J'ai trop bu. »

« Et aussi parce que tu es obsédée par lui d'une manière un peu malsaine », rigole Freya. On y revient. Elle ne peut pas comprendre pourquoi je continue à le voir et le traiter autrement que comme quelqu'un que je déteste, même si à cette époque je ne le prends pas en charge comme aujourd'hui, ce qui la dépassera ensuite totalement. Pourquoi suis-je incapable de couper les ponts avec lui comme elle l'a fait ? C'est une bonne question.

« C'est intéressant, ce que Malia a dit sur le père des filles. »

« Oui, je pensais que son mari était leur père, pas toi ? Il est sûrement un peu trop blond et grand, cela dit. Tant mieux que son connard de premier mari soit parti. Autrement, elle n'aurait jamais rencontré ce mec super et ils ne nous auraient jamais offert ce dîner fabuleux », glousse Freya pour elle-même. Je ne me sens pas bien. Je devrais dormir, j'ai trop bu, ma tête tourne sous l'effet de l'ivresse. Quelle quantité de vin a-t-on descendue ? Je profite de ce moment pour raconter à Freya l'histoire de la tentative de suicide de notre père. Elle est complètement silencieuse et je lui dis tout, Maman enceinte, mon périlleux voyage avec le thé brûlant, mon choc devant la découverte de notre père, puis comment je lui ai sauvé la vie. Elle est si calme que je me demande si elle ne s'est pas endormie et je me dis que c'est une bonne chose, car je n'avais pas prévu de le lui dire, et encore moins à l'occasion de vacances de ce genre. Dans le silence complet, je me sens épuisée et sur le point de m'endormir.

« Tu aurais dû le laisser crever », dit Freya, de manière très posée et sérieuse. « Ça aurait été mieux pour tout le monde. »

« Je me dis ça aussi parfois », je réponds dans un demi-sommeil. « Mais si j'avais fait ça, tu ne serais pas là. Cette logique ne fonctionne pas. Et ne fonctionnera jamais. »

« Peut-être que ça aurait été bien. » Je l'entends chuchoter et avant même que je puisse répondre, elle poursuit. « Ou alors, j'aurais existé d'une autre manière. Ça aurait été mieux. On aurait tous été mieux sans lui. Tu aurais dû le laisser faire. »

« Je suis désolée », je dis, avant de m'endormir.

Le lendemain, j'ai la bouche sèche et mal à la tête. Mais c'est plutôt une bénédiction, car ce voile d'alcool et la pénombre dans laquelle notre conversation s'est déroulée lui donnent un aspect presque irréel, comme si rien de tout ça n'avait eu lieu. On passe nos derniers jours de vacances comme les précédents, profitant des panoramas, du soleil, de la nourriture, en grande partie en compagnie de Malia et sa famille magnifique. Quand le jour du départ arrive, Freya et moi sommes clairement dégoûtées. On plaisante sur le fait qu'on pourrait rester, acheter une tente et camper sur la plage si on ne peut plus payer la chambre, abandonner nos vies en Angleterre et ouvrir un café ici, où tous les gâteaux seraient cuits en utilisant seulement la chaleur de la terre pour ne pas payer l'énergie. Mais on fait nos valises et on commande un taxi pour aller à l'aéroport. On fait enregistrer nos bagages et on monte dans l'avion. Au moment de partir, je vois le même minuscule avion que celui dans lequel on est arrivées et s'ajoute à la tristesse de revenir à la vie normale une petite dose de peur.

Même si le temps est super aujourd'hui, il y a pas mal de vent et, quand on prend de l'altitude, je recommence à trembler. Je me souviens avoir lu que les décollages et atterrissages sont les moments les plus dangereux quand on prend l'avion et mes mains agrippent l'accoudoir aussi fort que possible. Freya est encore plus calme qu'à l'aller.

« Ne t'inquiète pas, sœurette », dit-elle en posant sa main sur la mienne. « Je t'aime, sœurette. On a passé des super vacances. Tout va bien se passer. Ce serait OK si ça avait lieu maintenant. Ce serait même encore mieux. »

Je crois que c'est ça qu'elle dit. Et j'ai si peur, et l'engin fait tellement de bruit et j'ai des bouchons dans les oreilles et je mâche compulsivement un chewing-gum pour éviter que mes oreilles se bouchent. Je ne suis pas sûre d'avoir bien entendu ce que Freya a dit.

# *Un jour noir*

*J'ai vaguement conscience des gens qui me regardent, dans l'expectative. Ma mère me donne un coup de coude. Elle va très mal mais réussit à garder le fil, contrairement à moi. C'est ton tour, me prévient-elle. Je ne suis pas obligée, si je n'en ai pas envie, me dit-elle. Elle-même ne serait pas capable de le faire. Je n'étais pas sûre de pouvoir parler donc j'ai donné mon discours au prêtre – Rupert, un gars sympa, très compréhensif sur le fait que nous ne soyons pas religieux, qui avait promis qu'il serait croyant pour nous tous –, en lui expliquant que je lui ferais un signe de tête si je n'étais pas capable de le lire.*

*Je veux y arriver. C'est important d'une certaine manière. Comme si ça allait donner le ton de tout ce qui va suivre. Je dois me relever.*

*Je m'avance. J'ai l'impression de planer. Comme si mon cerveau n'était pas si bien attaché que ça à mon corps. Je peux commander ses mouvements, mais rien de plus. Je concentre mon attention sur le fait de ne pas trébucher sur les marches et ça fonctionne. Je ne tombe pas. Je jette un coup d'œil au cercueil ouvert et remarque, ou peut-être imagine, un sourire d'encouragement de la part de Freya, dont le visage est inhabituellement calme. Rupert le prêtre me propose calmement de se tenir à côté de moi pendant que je lis. Je le regarde, un peu confuse, et il prend cela pour un refus puis se recule. Je sens qu'il n'est pas loin. Si je perds mes mots, je sais qu'il prendra la suite.*

*Je regarde la foule. Car c'est une foule. Malgré sa façon de vivre ou peut-être justement à cause d'elle, Freya a touché un bon nombre de gens. Je sais avec certitude qu'elle leur a procuré beaucoup de joie, même si elle en manquait terriblement elle-même. J'en reconnais certains – ses colocataires, certains collègues récents, des camarades de classe que j'ai rencontrés à la remise de diplôme – mais la plupart me sont inconnus. Mis à part notre famille, les gens sont incroyablement jeunes et branchés. Je crois que Freya aurait aimé cette ambiance. Très* hype. *Ça me fait sourire. J'aurais aimé qu'elle sache combien de gens accordaient de la valeur à sa vie. Cette pensée me fait monter les larmes aux yeux. Mais je ne peux pas me permettre de craquer, donc je retiens mes pleurs. Je me reprends et, presque de manière robotique, je lis ce que j'ai écrit.*

« Chacun doit laisser quelque chose derrière soi à sa mort, disait mon grand-père. Un enfant, un livre, un tableau, une maison, un mur que l'on a construit ou une paire de chaussures que l'on s'est fabriquée. Ou un jardin que l'on a aménagé. Quelque chose que la main a touché d'un façon ou d'une autre pour que l'âme ait un endroit où aller après la mort ; comme ça, quand les gens regardent l'arbre ou la fleur que vous avez plantés, vous êtes là. Peu importe ce que tu fais, disait-il, tant que tu changes une chose en une autre, différente de ce qu'elle était avant que tu la touches, une chose qui te ressemble une fois que tu en as fini avec elle. »

*J'ai trouvé ce texte sur un blog listant le top dix des meilleures lectures non religieuses pour un enterrement. Ça a l'air nul. Mais ça ne l'est pas. L'extrait vient en fait de* Fahrenheit 451, *un livre abordé dans notre club de lecture il y a un moment. Freya avait dit qu'elle le lirait et viendrait à la réunion, mais évidemment, aucune de ces choses n'a eu lieu. Je me rappelle avoir trouvé ce passage poignant, déjà à cette époque. J'aurais dû le partager avec elle avant aujourd'hui.*

*J'ai envie de dire plus de choses à cette foule. Je voudrais expliquer ce que ce passage signifie pour moi, pourquoi il m'a interpellée, mais aujourd'hui je peux seulement partager les mots de quelqu'un d'autre, pas les miens. J'ai peur que les gens les plus jeunes et cools présents ici ne comprennent pas où je veux en venir. Freya n'a jamais construit de maison, de mur et encore moins de paire de chaussures. Peu d'entre nous le font de nos jours, de toute façon. Elle n'a probablement jamais peint de tableau, du moins à l'âge adulte, et encore moins jardiné. Elle n'a jamais eu de jardin à elle d'ailleurs. Cette activité aurait été bien trop lente pour elle. Ce qui est bien dommage vu les vertus thérapeutiques du jardinage pour la santé mentale.*

*J'ai choisi cet extrait, car il résonne en moi. Mon monde ressemble toujours à Freya. Mon monde, ou sa part la plus importante, celle assise au premier rang, reflète Freya. Je vois son visage dans toutes ces personnes, tout comme je le retrouve quand je me regarde dans le miroir. Et ici, dans les bras de ma mère, car elle s'agitait dans sa poussette, se trouve la part du monde qui ressemble le plus à Freya, le cadeau qu'elle nous a laissé en quittant ce monde. Le cadeau qui nous rassemble tous, qui nous aide à traverser tout cela, qui nous maintient unis. Le cadeau que j'ai même laissé mon père prendre dans ses bras ces dernières semaines, la posant sur ses genoux pendant qu'il faisait rouler son fauteuil. Il a l'air heureux grâce à elle, de la même manière qu'il l'était quand Freya le laissait l'être, de la même manière qu'on l'était tous quand elle nous laissait l'être.*

*Je n'arrive pas à dire ça dans cette église. Au lieu de ça, je retourne à mon siège, étourdie, et je me joins aux autres pour réciter un cantique que j'ai choisi.*

*Mais je voulais que vous sachiez pourquoi j'ai voulu lire ce texte.*

# Une boisson chaude

Peu après les funérailles de Freya, j'apprends finalement à régler mon réveil. J'en ai un pour me rappeler de prendre un petit-déjeuner, un déjeuner et un dîner. Un pour me dire d'aller dormir. Parce que j'oubliais sans cesse. C'est sur toi, ton sommeil et tes repas que je me concentrais. Et sur l'écriture de ce texte.

Mais qu'est-ce que c'est ?

Cela fait dix mois que j'écris ça maintenant, dès que j'ai un moment seule. Je te mets au lit et j'écris. Je te dépose chez Maman ou à la crèche et j'écris. Au travail, je prends ma pause déjeuner et j'écris.

Récemment, j'ai réalisé que c'était pour toi que je l'écrivais.

J'ai changé de travail. Je n'avais pas le choix. Comment pouvais-je continuer jour après jour à faire des recherches sur le suicide, à essayer de prouver qu'il arrivait souvent au bénéfice de familles devant être reconnaissantes ? Au fond de moi, j'étais si sûre de mes idées, de mon travail, de mon but, de ma mission. J'étais celle qui allait changer les choses, défendre cet acte, et permettre aux gens de voir la vérité, celle qui les aiderait à comprendre qu'ils n'ont pas à ressentir du chagrin, de la honte ou du regret, car l'évolution suit son cours. J'étais persuadée d'avoir été construite pour révéler cette vérité. Elle était ma vocation et je n'aurais jamais imaginé qu'un quelconque événement puisse me faire dévier.

Il s'est avéré que je n'avais pas beaucoup d'imagination.

Je ne suis plus sûre de rien à présent, donc comment continuer d'être celle que j'ai toujours été ?

J'ai changé de but, de vie. Vous aurez sûrement des questions sur ces changements. C'est naturel de se les poser. Elles ressembleront sûrement à ça : est-ce qu'abandonner ce travail signifie que j'avais tort toutes ces années ? Est-ce que je vois à présent ce qui est arrivé à Adam, Beth, mes araignées et mon père avec un regard neuf ? Est-ce que mon deuil personnel, drapé dans ma peine, annule tout ce que j'ai pu croire avant et précipite un changement de paradigme ? Ai-je rejoint saint Augustin et saint Thomas d'Aquin dans le train anti-suicide ? Est-ce que ma colère passagère et parfois incontrôlable, ma rage bouillonnante contre Freya pour nous avoir abandonnés ainsi signifie que je pense que les survivants du suicide doivent être punis ? Ou est-ce la culpabilité qui m'a éloignée de quelque chose que je pense toujours être vrai ? Est-ce que je maintiens que j'avais raison, mais que le cas de Freya ne compte pas ? La vois-je comme une anomalie tragique, car après tout, il y en a toujours dans le système évolutionniste du suicide ? Ou suis-je simplement trop lâche pour affronter la possibilité que j'aie raison depuis le début et que ma famille soit en effet mieux sans ma seule sœur, ma sœur magnifique, imparfaite, irremplaçable alors que nous nous débattons dans un océan de tristesse ? Et si c'est vrai, ne suis-je pas, en plus d'une lâche, une énorme hypocrite ? Car même si ma théorie était correcte, même si on pouvait prouver et conclure que sur le plan de l'évolution, c'était la meilleure chose qui pouvait arriver, n'aurais-je pas envie de remonter le temps, de remarquer qu'elle avait besoin de mon aide et de la garder avec nous ?

Ce sont de très bonnes questions et tout ce que je peux vous dire, c'est que je n'en sais rien. Ce que je sais, c'est que je ne peux plus supporter de me les poser, et donc encore moins d'y répondre. Tout cela est trop proche de moi. Je sais que même si je pense toujours que quelqu'un doit résoudre cette énigme scientifique, je ne veux pas être cette personne. Je préfère être heureuse et saine d'esprit qu'avoir raison. J'ai donc changé de sujet de recherches et, de manière surprenante, ça a été très facile. Ma superviseure connaissait quelqu'un travaillant sur l'homosexualité et l'éducation des enfants. Elle avait été impressionnée par les études montrant que les enfants avec des mères lesbiennes ne vivaient pas plus mal que ceux de parents hétérosexuels, voire s'en sortaient même souvent mieux sur beaucoup de plans émotionnels. Elle a ignoré les possibles facteurs de confusion de ces études et a commencé à s'intéresser à la base évolutionniste. Elle a étudié une variété d'animaux, des pingouins aux humains, pour voir si des parents ou proches gays rendent leur progéniture plus heureuse, en bonne santé et féconde. Si c'est le cas, ce serait une façon d'expliquer pourquoi l'homosexualité perdure dans ces espèces.

Je ne connais pas la réponse. Je ne sais pas si elle m'importe encore. Ou peut-être que ce n'est pas vrai. Je ne crois pas que ce soit ma vocation, pas comme avant, mais je sais quelle réponse je préférerais. Ce qui compte finalement pour moi, c'est d'être capable de poser une question avec laquelle je suis à l'aise. Une question qui me remplit d'espoir et non de désespoir et de remords. Désormais, je joue avec des pingouins et conduis des entretiens avec des humains, que je préfère largement aux araignées. Et même si je lutte toujours au quotidien pour mettre un pied devant l'autre, je fais de mon mieux pour repousser au loin toute la négativité et laisser la lumière descendre sur toi, chaque soir.

Alors qu'est-ce que c'est que ça ?

Au début, je pensais que c'était une confession. Puis je me suis dit que c'était ma forme particulière de thérapie. Il y a eu des moments sombres où je me suis même dit que c'était ma propre lettre d'adieu avant de me suicider. Mais j'ai su que ce ne serait jamais le cas. À cause de toi. Ou peut-être est-ce injuste. J'ai su que ça n'arriverait jamais à cause de moi-même. Parce que pour une raison quelconque, par chance, je n'ai pas l'air d'avoir ça en moi. Je sais que cette chose que j'ai écrite est pour toi, Savannah. Je ne sais pas si je te la ferai lire, ni comment, ni quand – je suis presque sûre qu'il y a une scène de sexe qu'il faudra enlever avant – mais c'est pour toi que je l'ai écrite.

C'est une histoire des choses qui ont pu faire du mal à ta maman et qui m'ont certainement blessée. Je ne peux pas supporter une autre histoire comme celle-ci.

Voilà ce que c'est : une histoire. Tout ça est une histoire. Nous décidons quelles parts de nos vies ont un sens et les conséquences auxquelles se raccrocher et utiliser comme des guides. Je me suis accrochée à la mauvaise pendant bien trop longtemps. Il y a trop de choses en jeu à présent. Je dois me concentrer sur une version différente du monde et de moi-même. Je suis peut-être naturellement une personne nourricière, altruiste, qui aime aider la famille, celle qui s'assure que les gènes se transmettent. Comme dans toutes les théories évolutionnistes, ça repose aussi sur des conneries émotionnelles biaisées. Mais si tout ça, c'est des conneries, je choisis celles qui me permettent de tenir jusqu'à la fin de la journée.

Quelle est la chose qui te tient, toi ? Je me le demande alors que tu tapes dans tes mains et me souris, criant avec délice devant une bêtise sur YouTube, tout en lançant tes carottes et petits pois dans toute la pièce et en riant de mon exaspération. Tu te dandines pour la première fois sur le chemin apparemment interminable qui sépare ta chaise de mes bras et je te soulève et on fête ça, et je voudrais que ta maman soit là pour te voir. Et je me demande quelle histoire tu vas porter en toi.

Parfois, j'ai l'impression que c'est inutile d'essayer d'influencer ton histoire d'une quelconque manière. Tout ce que je peux faire, c'est être là pour toi, aimante, constante, stable, être un parent et espérer que le meilleur arrivera. Peut-être que c'est vrai. Un parent fait tout ce qu'il peut pour aider, même s'il sait qu'il n'en est pas capable. Voilà, j'essaie d'influencer ton histoire, en te montrant que tu as influencé la mienne, que tu as eu un effet sur moi. Je le mets par écrit, car j'ai peur qu'une fois qu'on se connaîtra mieux, ce soit de plus en plus compliqué de te le dire. J'ai peur de ne pas savoir comment dire tout ça à la personne que tu deviendras. J'ai peur que, comme dans beaucoup de familles, ce soit un jour impossible pour moi de te montrer qui je suis, et pour toi, de me voir réellement. Me voici donc en train de te regarder, toi, un bout de mon histoire, celle qui est le début de la tienne. Ton histoire a commencé avant que qui que ce soit te connaisse. Le simple fait de ton existence a tout changé. Désormais, je peux voir combien ta maman souffrait, et ce depuis longtemps. Elle a tenu pour toi, et seulement pour toi. Elle s'est assurée que tu sois là, vivante, qu'on prenne soin de toi, que tu sois aimée. En partant, à tort ou à raison, elle a senti qu'elle t'avait donné le meilleur d'elle-même.

Tu as changé les choses pour moi. J'ai longtemps pensé que j'étais cette personne, mais tu m'as montré que j'étais totalement différente. J'utilise la théorie et les études empiriques pour expliquer cette transformation, mais c'est simplement du blabla. C'est toi, ton arrivée glorieuse, qui a tout changé. Avant toi, je pensais que je n'étais bonne à rien. Je considérais qu'une combinaison de mes gènes et de ce que j'avais vécu m'avait endommagée pour toujours. Laissons tomber les grains de café, c'était bien de ces foutues carottes que j'étais jalouse, les gens qui avaient affronté l'eau bouillante de la vie et s'étaient adoucis, peut-être trop. J'avais été transformée seulement en œuf dur et inutile. Et peut-être qu'avant toi, j'étais réduite à ça. Mais aujourd'hui dans notre cuisine, là où je m'asseyais avec ta maman, je t'ai mise dans ta chaise haute et j'ai essayé quelque chose. J'ai laissé de côté le moulin et la machine à café et fait bouillir des grains dans une casserole. Cela a fait un très bon café et les grains en sont sortis intacts, peut-être juste un peu plus sombres. Je les ai posés sur la table de la cuisine et les ai observés longtemps, t'empêchant de les attraper pour que tu ne t'étouffes pas. Je pense à ces grains de café, à mon père, à ta mère, à Jamie et je sais que je n'y suis pas encore. Je ne suis pas un de ces petits grains parfaits mais j'essaie. Pour toi, j'essaie vraiment.

Entre-temps, tu m'as montré que je pouvais être plus qu'un œuf. Peut-être que je peux être un sachet de thé au lieu d'un grain de café. Un bon vieux sachet du Yorkshire, qui vient de là où ils savent faire un thé bien fort. L'eau chaude me rendra peut-être molle, trempée ou triste. Mais pour toi, je ferai de mon mieux pour en tirer une sacrée bonne tasse de thé.

# REMERCIEMENTS

Merci à tous ceux qui n'ont pas ri de moi, du moins pas devant moi, quand j'ai évoqué l'idée d'écrire de la fiction. Je ne peux pas exprimer combien vos visages circonspects m'ont encouragée à me lancer dans ce projet. Parmi tous ceux qui n'ont pas ri, un grand merci à Seán et Adam chez époque press, qui ont vu le potentiel dans mon travail et dont les regards experts, les retours gentils et la sainte patience m'ont aidée à améliorer ce texte. Merci à Rhiannon d'avoir lu ce que j'avais écrit même si ça t'a fait du mal, et à Susanne pour avoir partagé tes propres progrès et pour m'avoir stimulée. Merci à Rosie, Lucy, Clare, ma mère et AJ : votre soutien compte plus que tout pour moi.

Merci à mes partenaires créatifs d'origine, Harriet et Juan, il faut qu'on travaille ensemble un jour. Et merci à Felicity de m'avoir guidée involontairement sur ce chemin.

Enfin et surtout, merci à ma famille pour être ma famille, et à ma partenaire pour être ma partenaire. En particulier pendant ces dernières années, vous avez tous été très importants pour moi et m'avez aidée à terminer ce livre (j'ai écrit un livre !).

## PARUS AUX ÉDITIONS DU GOSPEL

Ella Baxter, *Une créature de douleur*

Pascal Bertin, *Au nom du pire*

Alice Butterlin, *Les Heures défuntes*

Gabriel Cholette, *Les Carnets de l'underground*

Claire Cronin, *Les Écrans sanglants*

John Darnielle, *La Maison du diable*

Adrien Durand, *Tuer nos pères et puis renaître*

Thomas E. Florin, *Autodafé*

Samantha Hunt, *Seul l'océan pour me sauver*

Grace Krilanovich, *Ce qui vit la nuit*

Gene Kwak, *Rentre chez toi, Ricky !*

Dwyer Murphy, *Nul crépuscule n'est trop puissant*

Bucky Sinister, *Ta vie dans un trou noir*

Fred Vermorel, *L'Histoire secrète de Kate Bush (et l'art étrange de la pop)*

Esther Yi, *Ton/Nom*